SWEET

糖衣炮弹系列

糖衣炮弹 1 小美好

喜欢你是人人皆知你却不知的小心事

糖衣炮弹 2 我的非常男友

甜有 100 种方式，吃糖，蛋糕，
还有每天 98 次想你

糖衣炮弹 3 恋与反差萌

即使你我是南北极，也想转个圈去拥抱你

糖衣炮弹 4 世界第一爱豆

一眼见你，万物不及

糖衣炮弹 5 超次元恋爱

只有遇见你，才是最惊奇的际遇

糖衣炮弹 6 请与这样的我恋爱

唯有你是我对完美的最高定义

糖衣炮弹 7 “恋恋”之交

你是答案，能回答我所有问题

糖衣炮弹 8 恋爱告白季

恋爱不分季节，想你不论时间

糖衣炮弹 9 百分百契约

与你签订契约，许下神圣誓言

糖衣炮弹 10 制服引力

这世界，唯你能制服我

糖衣炮弹 11 是！前辈

说句告白给你听 ~

糖衣炮弹衍生单行本

恋恋小时光 / 烟二

引爆小食里的小美好，
给你的少女心加点料

烟火食录 / 迟非

献上名为“美食”的爱意礼物

来日方糖 / 钟意你

闺蜜永不分离，
我们来日方糖

向可爱的你投降 / 翎春君

因为你可爱 ~ 所以我投降！

糖衣炮弹

愿和你呼吸同一片天空下的空气，
制造属于我们的独家记忆。

糖糖主编

糖衣炮弹

小甜点の故事 补充每日糖分

12

拜托了，同学

长江出版社
CHANGJIANGPRESS
漫娱图书

·Question 12·

第十二个问题

Ta对你说过的**最令你脸红心跳**的一句话是什么?

低沉好听的嗓音

溪水般流过心间

是脸在发烧

是心在乱撞

是喜欢呼之欲出

我的世界啊

因你这句话，如烟花般粲然盛放

@吾为世俗

我发了条微博："如果我喝醉了可以偷偷吻你吗？"

他："可以。但别被我发现，否则加倍奉还。"

@SANG-a

没有 Ta，但是所有人里对我说过最心动的一句话："给你打钱吧！"

@一只啾两只啾

这个问题我问了我男朋友，把他的回答复制粘贴上来了："有吧，第一次见面，你说你想我了。"

@柚茶橘槿

"对不起，她是我家的——猪——"虽然只是玩笑但还是开心了很久。

@ 周甜酒

他到我上学的城市来找我，我俩一起出去。来之前我信誓旦旦打包票说我罩你，来之后情况比较尴尬，我带着他在景区迷路了。我一向分不清东南西北，只会说前后左右，于是我们只能借助手机地图——他看地图，我看他。大概一分钟后，他收起手机跟我说："跟紧我，别丢了。"

@ 楠性杬

"你 QQ 名叫百度沸点啊，要不我改名叫零度冰点吧。"

@ 鱼塘里的宋子遇

有一次因为一点小事发了脾气，跟她说："既然你不会谈恋爱，我教你。"她说："那你教我，要有耐心哦。你可以生气，可以不理我一小会儿，但不能不要我。"那时就想，世界上怎么会有这么可爱的姑娘，想着，这辈子就她了吧。可惜后来，没有后来了。

@罐装28号

“你可以相信童话。”

@T甜味酥酥

我跟他说过我特别喜欢买衣服。他听到后说了一句话：“那我要好好挣钱，以后买很多衣柜。”我问他为什么。他说：“给你放衣服。”/(///ω///)/

@西月融L

“心情不好，我想吃甜食。”

“那你咬自己一口不就行了，哎，咬我也行，看着你我超甜。”

@不二加糖_

我超级喜欢你的。

@阿咩 adore 汪

仍清晰地记得那天晚修下大雨，我忘记带伞了，就趴在桌上眼巴巴地看着同学三三两两地走了，教室也没有人了。我看见他气喘吁吁地跑向我，看着他身上的雨水我有点惊讶，我问：“你怎么回来了？”他说：“我来接你啦。” 好像下雨天也不是很糟糕。

@若水忆风

“感觉你和别的女孩都不一样。”

@Light_Aaron · LN

“我们在一起好吗？”

“在一起？我们不是很早就在一起了吗？”

@蕴墨

“你是我留在这个城市的唯一理由。”

Sweet

温暖的话语

不经意的撩拨

……

与其说是你的话让我怦然心动

不如说是你

因为是你

再细微的言语

都是我无限放大的欢喜

@阿咩 adore 汪

仍清晰地记得那天晚修下大雨，我忘记带伞了，就趴在桌上眼巴巴地看着同学三三两两地走了，教室也没有人了。我看见他气喘吁吁地跑向我，看着他身上的雨水我有点惊讶，我问："你怎么回来了？"他说："我来接你啦。" 好像下雨天也不是很糟糕。

@若水忆风

"感觉你和别的女孩都不一样。"

@Light_Aaron · LN

"我们在一起好吗？"

"在一起？我们不是很早就在一起了吗？"

@蕴墨

"你是我留在这个城市的唯一理由。"

Sweet

温暖的话语

不经意的撩拨

……

与其说是你的话让我怦然心动

不如说是你

因为是你

再细微的言语

都是我无限放大的欢喜

关注 @ 糖衣炮弹 MOOK，了解那些甜蜜与心动，

认识更多兴趣相投的小伙伴吧。

和同桌斗嘴的那些年

软萌长相暴躁脾气的女学渣

"学习让人发困，课间让人精神。"

性格恶劣善于伪装的男学霸

"暴力不可取，智力我第一。"

“又是活力满满的一天！哎！真香！”

ROUND ONE

他没了，我保证。

今后我和他说一句话，我是猪！

心动值

心动值

ROUND TWO

好……好难受。

才不会因为这个就原谅他。

ROUND THREE

我是猪！！！我居然喝错了。

好尴尬啊，可为什么心怦怦跳个不停。

LOVE GAMES

心动大富翁

START

想来一场不期而遇的甜蜜邂逅吗？

想体验转角遇到爱的万分惊喜吗？

转动你手中的骰子

看命运的点数会牵引你走向何方

那个 Ta 会在哪个角落等着你 ~

GO

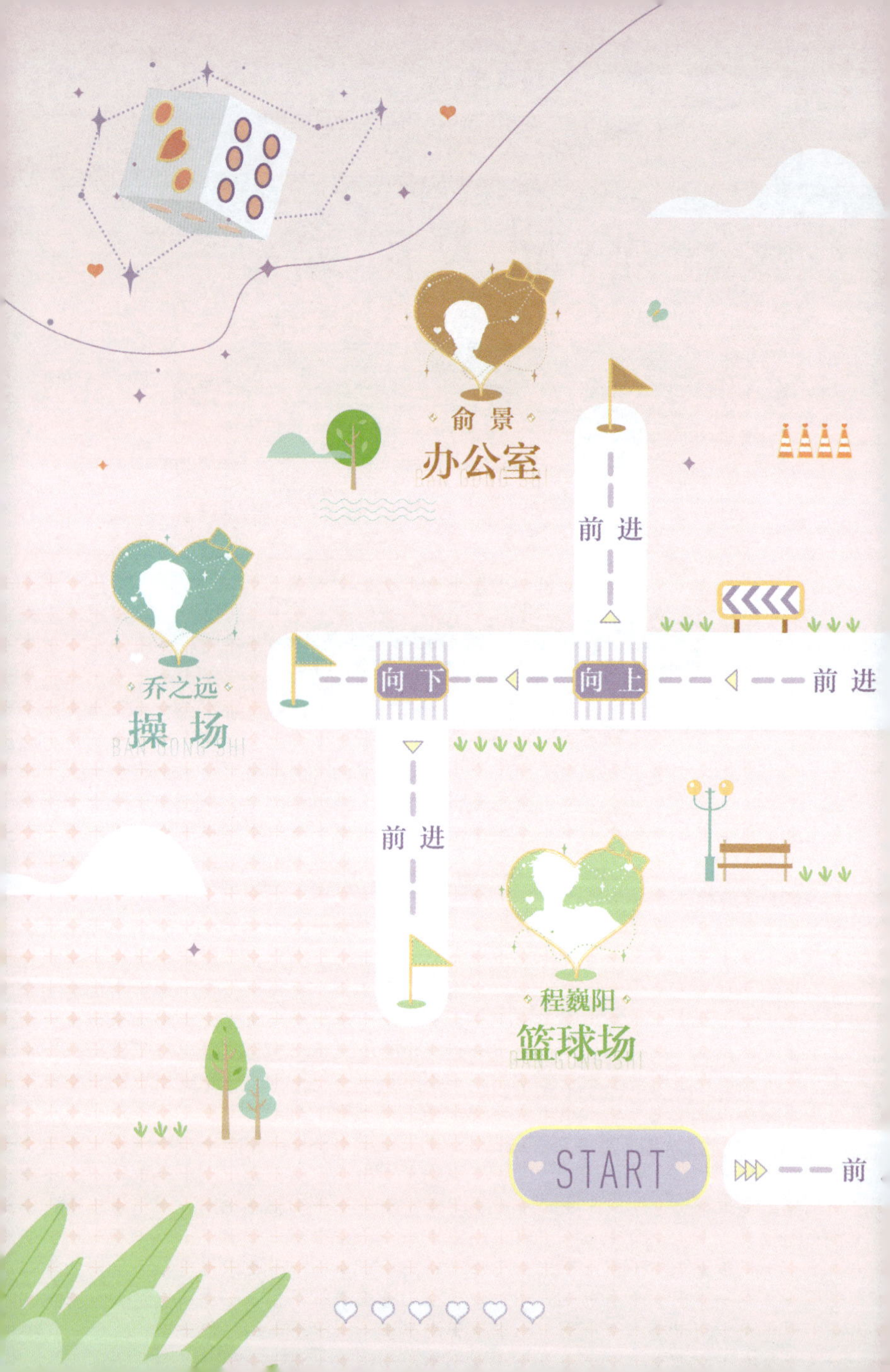

俞景
办公室
BAN GONG SHI
前进
乔之远
操场
BAN GONG SHI
向下
向上
前进
前进
程巍阳
篮球场
BAN GONG SHI
START
前

游戏说明

将随书附赠的“男神骰子”折成骰子模样，摇动骰子，根据步数进行游戏，看看今天的你会邂逅哪位男神？

游戏规则

骰子点数代表步数，根据地图提示，朝不同方向前进。若点数大于所能走的剩余步数，则走至终点处后，用后退“点数”减去“剩余步数”的步数（如点数为4，但只剩下3步，则自终点处后退1步），直到解锁某个场景为止。

你知道吗？
我记忆中最强烈的一次心跳
发生在遇见你的
那一刻
……
:200票
:101票

男神一瞬间
:100 票
:160 票
:120 票

男神一瞬间
《学神》
XUE SHEN
“你要是有什么不懂的题目，可以问我。
有什么不高兴的事情，也可以告诉我。”
段寒山

男神一瞬间
程巍阳
《男友的戏精日常》
NANYOU DE XIJING RICHANG
“你要是成了我的女朋友，男朋友对待自己的女朋友，哪里舍得欺负，千娇百宠还来不及呢。”

男神一瞬间
季羡风
《恋的法则》
LIAN DE FA ZE
“你把对自己的喜欢分给了别人，
才会挪出空的位置来收获喜欢。”

男神一瞬间
俞景
《重回母校任职是什么体验》
CHONGHUI MUXIAO RENZHI SHI SHENME TIYAN
"我说过了你可以再大胆一点，
想看就大大方方地看，不用这么偷偷摸摸瞄我。"

男神一瞬间
程澈
《夏日长眠》
XIA RI CHANG MIAN
“你不关注我，还不许我关注你？”

男神一瞬间
乔之远
《原来就是你》
YUANLAI JIUSHI NI
“我其实没想给你造成困扰，
只是想认识一下你。”

THE LO

目录

CONTENTS

夏日长眠

文/茶茶好萌

有趣的"打字机"，主写都市现代言情小说，
微博 @ 茶茶好萌

√01

庄女士给余棉报了个英语班，不远，就在对面小区。

老师姓周，来自本城重点大学，刚退休，退休前带的都是基地班，桃李满天下，如今功成身退。

开班是曾经学生们强烈要求的，地点没有另外找，直接定在她家里。因为只在私下宣传，所以没几个人知道，再加上接收的人数有限，庄女士也是偶然听到牌友说漏了嘴才知晓的。

做家庭主妇之前，庄女士是公司的 HR，性格雷厉风行，她忙活了大半个月，终于成功地把余棉给塞了进去。

据庄女士说，就算是朽木，到了那位周老师手里也能被雕成璞玉。

余棉成绩平平，英语更是弱项。进入大学后，她的英语四级成绩一塌糊涂，更别说雅思考试了。余父远在海上工作，除了每个月按时打进卡里的生活费，一年到头也回不来几次。所以庄女士不仅要为余

棉的生活操心，还要兼顾她那不上不下的课业，为此白了不少头发。

出门前，她反复叮嘱余棉：“废了好大力气才搞到名额，这次你可得好好学。”

余棉接过她递来的牛奶，乖巧地点头：“知道了。”

早上八点，正是城市苏醒时分。

包子铺前排队的人一如既往地多，余棉喝着牛奶，走到队伍末尾，无聊地掏出单词本背单词。

突然后背就被撞了一下。

她回头，只见一个比她高出许多的男生，眉眼清俊，鼻梁高挺，因为逆着光，脸部轮廓深而分明。

是程澈。

程澈身上的标签很多。

他是英语成绩年级第一的保持者，长得好看，朋友也多，但凡有他在的地方，就绝对不会冷场。

他和余棉不一样，是个很有趣的人。

余棉和他一直是同班，只是他的排名在前三，而余棉的排名在中段。

余棉看过他的各项单科成绩，英语成绩一骑绝尘，数学成绩也很漂亮，除了语文。他语文成绩不好，一下就拖了总成绩的后腿。

“是你啊。”程澈认出她来，抱歉的话就变成了解释，“刚才有人玩滑板，我躲了一下，没撞疼你吧？”

他们同班整整一年，连话都没有说过。这会儿离得近了，余棉才发现这人的牙齿好白好齐。余棉对牙齿好看的人向来印象不错。

她摇摇头："没事。"

经过这一插曲，余棉没有再看单词本。只是她没想到买完包子后，程澈会追上来。

她后背一僵，捏紧了装包子的塑料袋。

"这一大清早的，你要去哪儿？"

"补课。"她听到自己说。

"这么勤奋啊？"

她不作声。

程澈低头看她，又问："补什么？"

余棉不太想回答了，程澈却眼尖地看到了她手里的课本。因为想要看清，他微弯身子，凑过去看，俩人一时离得很近。

"英语？"

余棉脸一热，踉跄地后退了几步。

"程澈。"

"怎么了？"程澈很无辜地看她。

余棉性格沉闷，说轻了是安静，说重了是社交恐惧症。程澈这样，她有些招架不住。

她咽了口唾沫，鼓起勇气说："你没有事情要忙吗？"

言外之意，能不能别再跟着我了。

但程澈显然没有想到这一层，他一本正经地指了指前边："我要回家。"

他所指的方向，也是余棉的目的地。

余棉登时有一种不祥的预感，而这个预感也在十分钟后得到了应验。

√02

小区是早年专为一些退休的干部建的，有些年岁了，红棕色墙体被风雨侵蚀得黯淡，但环境清幽安静，确实适合老人居住。

余棉按照庄女士给她的地址，找到了对应单元楼。

没有电梯，得徒步爬楼。补课的地点在八楼，整栋楼也就只有八层。

余棉回头，程澈还跟在她身后。

“你别告诉我你住在这栋楼。”

程澈露出一口大白牙：“对啊，我就住这栋楼。”

俩人一前一后地走。

余棉没有运动细胞，平时偏爱宅在家里，才爬了四楼，她就开始喘气。老房子逼仄的楼道，让她的喘气声尤其明显。

然而身后的脚步声一直没有消失。

余棉莫名尴尬，也不好意思停，只能一个劲儿地往上爬，想着等他到了要去的楼层她再休息也不迟。

结果程澈直接跟着她到了八楼。

俩人停在同一扇大门前，面面相觑。

相比余棉狼狈的脸色，某人则神态自若，完全没有把徒步爬八层楼放在眼里。

沉默须臾。

余棉放弃挣扎了，问程澈：“周老师和你是什么关系？”

像是早就在等她这么问，程澈笑得一脸得意，掏出钥匙开门。

他说：“哦，她是我的外婆。”

房子很大，家具皆是红木。余棉踏进去的第一个感受就是这里的书可真多，随处可见，以至于空气中都弥漫着淡淡的墨香。

“我外婆出去晨练还没回来，你要喝什么？”

余棉没动：“不是说九点上课吗？”

“是九点啊，”程澈示意她身后的挂钟，“现在才八点四十，你来早了，以后提前十分钟就可以。”

周老太没有提前上课的习惯。

余棉垂着脑袋，换上他放在脚边的鞋：“知道了。”

程澈看她一眼，很执着地道：“你还没说你要喝什么。”

“白水就好。”她抿唇，“谢谢。”

程澈看着她耷下的脑袋，转身时突然笑了声，很轻。

室内空调在运转，动静不小，余棉却在这嘈杂声中准确地捕捉到了他的笑声，她不由得看向他。

颀长挺拔的身形，面容俊朗，性格阳光，难怪能让学校里那么多的女生为他倾心。

不过一瞬，明明在倒水的他却蓦然抬起头，让她躲都来不及。

见她在看自己，他一点也不尴尬。

“你住这附近？以前怎么都没见过你。”

“我不爱出门。”

“难怪。”

倒好水，程澈走到余棉旁边坐下，手肘撑着分开的膝盖，十分娴熟地剥果盘里的柑橘。

三人位的皮质沙发不算小，但他人高马大，又坐中间，余棉不由地往旁边挪了挪，还是躲不过他伸手给她递的橘瓣。

“接呀，很甜的。”

余棉无视他的自来熟，机械地接过："谢谢。"

只听他轻笑："和你同班那么久，都没发现你原来这么喜欢说谢谢。"

余棉撕着橘子瓣上的白须，小声嘀咕："本来也没说过几句话。"

"你说什么？"

程澈没听清，扭头看她，呼吸扑在她耳边。

余棉的呼吸屏住了。

与此同时，门铃声响起，她如释重负。

"我去开门。"

程澈身子向后靠，看着她手忙脚乱的背影无声发笑。他拍了拍手上的须须，觉得逗她还挺好玩的。

√03

课是在书房上的。

书房有一个大长桌，包括老师一共十一个人，围坐起来正好能围成一圈。

正式开课前要自我介绍。余棉是最后一个，起身后她说自己来自榆大，声音不大，但吐字清晰，足够叫人听清楚。

周老太坐在她的另一头，抬起眼皮瞧她道："余棉跟程澈是一个学校的哦。"

来的都是重点大学学子，只是重点大学也分三六九等，如果说中大排首位，那榆大就只能排最后。而余棉，则是在场的唯一一个榆大学子——如果不算程澈的话。

余棉被单独点名，有些紧张，她挺直身板："嗯，同班的。"

坐她斜对面的一个女生因为她的话直直看向了她，余棉不太习惯，匆匆低下了头。

课程分上下两节，中间有课间休息。大家都是第一次来，多少有些拘谨，但同校之间总有话题，三两句之后就打成了一片。

余棉一个榆大的夹在中间，只能默默地翻看试题。她基础不好，也正好趁休息时间来消化课上讲的语法知识。

程澈就是这个时候出来的。

他们上课时，他一直窝在房间里。出来拿个汽水的功夫，已经有人认出他。他很出名，即便是外校的人，也对他略有耳闻。

余棉从他出来开始就有些心不在焉。

她听到他在和别人聊天，忍不住扫了一眼，看到那个在她做自我介绍时直勾勾盯着她的女生，正问程澈上周怎么不去聚会。

女生叫杨虹清，原来俩人早就认识。

余棉捏紧笔，往空白框里填了个"C"。

"错了。"头顶突然传来熟悉的嗓音，余棉惊愕地抬头，只见程澈举着瓶喝了小半的可乐，用空出来的手指戳她的试题，"这得用过去式，选B。"

余棉顾不上他离自己太近的事，凝神去看他说的选项，才发现自己填错了。

她本来就要选"B"的，却鬼使神差地选了"C"。

没有争辩，她把错误答案划去，填上正确的。

程澈干脆拉开椅子在她旁边坐下。

“我看看你前面的错题。”

余棉一把摁住了试题本。

“你还不信我？”程澈弯起手指弹她的手背，“我语文不如你，英语可是很厉害的。”

余棉的手背当即浮起红印，她没空计较，只奇怪道：“你怎么知道我语文好？”

程澈如愿拿到她的试题本，边翻看边说：“你不关注我，还不许我关注你？”

他说得云淡风轻，却让余棉的眼里泛起了涟漪。

√04

要说程澈对余棉的第一印象，是她很白。

记得刚开学那阵，就算是程澈这种不易晒黑的体质，军训结束后也黑了两个度。余棉是班里唯一没有被晒黑的那个。

其实一开始程澈并没有关注这件事，还是听到身边的人讨论才多看了几眼。

他们没夸张，她确实是白。肌肤白里透粉，是天生的，在一众乌泱泱的背景色中，格外突出。

当时还有好事者在私底下投选班里谁最漂亮。程澈因为那抹白，匿名投选了余棉。但扪心自问，余棉本就生得不差。细眉杏眼，脸小脑袋小，外形上很优越，他并不违心。

只是余棉过于沉默，相比之下人缘不太好，所以当时她没能拿下第一。为此程澈还暗自吐槽过别人的审美。无他，他就是觉得自己的眼光是最好的。

之后他再留意到余棉，是因为她语文很好，成绩在年级也是榜上有名，作文更是时常流传于各个班级。程澈读过余棉的作文，沉默的她有一支会说话的笔杆。

自信如程澈，语文却是他不得不正视的短板。他想过向余棉讨教，但语文似乎也没什么可讨教的。不好就是不好，他纯粹是缺了那根从文的筋。

而且，余棉真的太安静了。她独来独往，程澈就算是想要同她说话，也没有机会。

俩人因而当了一年的平行线，到如今，才因为补课有了相交点。

上课时间是每周的周五和周日，从早上九点到中午十二点。程澈英语好，不用补习，有时还能给周老太打下手。

比如下半节课的讲题时间，他就站在了白板前。他个性外向，爱笑，常将一个无聊的知识点讲得生动有趣，言语中有种天然的说服力。大家都喜欢听他说话，包括余棉。因为她发现程澈讲得很仔细，基本上她经常会犯错的小细节，他都有反复提到，第一堂课，她收获颇丰。

结束时周老太问他们要不要留下来吃饭，有几个依言留了，其中就有杨虹清。

余棉则婉拒了："家里已经做好饭了。"

她收拾好书本，准备回家。

程澈的声音兀自响起："家里是不是没酱油了？"家里阿姨还没说话，他便拿上手机，"我去买瓶酱油回来。"

他说着走到门口，像是才发现换鞋的余棉似的。

“你要回家啊？”

余棉看他一眼：“嗯。”

“正好我也下楼，一起呗。”

八层楼，下去也要一段时间。

“今天上课，听得懂吗？”程澈问。

余棉点点头。

“我讲得是不是比我外婆好？”

余棉一言难尽地看他，没说话。

程澈看到她的表情，觉得生动，不免好笑。没多久，他又开口：“我发现你话好少。”

余棉脚步乱了半拍，她默了默，决定反击：“是你话太多了。”

“余棉，”程澈停下来，不可思议地看她，“你刚刚说什么？”

余棉抿唇：“没听到就算了。”

程澈更惊讶了。他还以为她是没有爪子的兔子，现在看，分明是会挠人的猫嘛。

要说这半天下来他不停地主动和她搭话，只是单纯地想逗逗她。那么现在，他心态可就完全变了。

他想真正地认识她，而且是深入了解的那种。

√05

来上课的人都和程澈处得不错，特别是杨虹清。

杨虹清性格大大咧咧，和程澈是小学同学，俩人经常说着说着就笑作一团。杨虹清说话时肢体动作幅度大，即使和程澈挨着头讨论问题，也绝不会有羞怯退缩之意。其熟稔程度，旁人看了都会觉得他们之间有猫腻。

程澈那边的态度不甚清楚，但杨虹清应该是喜欢程澈的。就连余棉都看得出。

其实余棉有点羡慕杨虹清的落落大方。杨虹清和程澈是同一种人，好像和谁都处得来，就没有能让他们尴尬的时刻。

而她——

不知道是不是她的错觉，她感觉程澈老是在她周围晃悠。他对别人都还算和颜悦色，到她这里，倒是变得挺讨骂的。

就拿一次随堂测试来说，他帮周老太监考，却特意坐在了她的旁边，像监视器一样紧紧盯着她的笔，惹得她慎之又慎，下笔惶恐，生怕写错。

最后她终于忍不住："程澈，你走开。"

然后他就跟有毛病似的，不怒反笑，乐滋滋地走了。

连周老太都说他："你能不能不要总是欺负余棉。"

他承认得坦荡荡："我这是想推她进步，一般人我还不稀罕搭理呢。"

这种时候，余棉总是想要看他，却又拼命忍住。她心里清楚，就算是程澈这样的太阳，也没办法带动她这颗沉重的小行星。她之所以会被关注，是因为她不小心站在了他的光环中心。

一旦他不在，她依旧是处于边缘的那个。

她心里隐隐泛酸，但也会忍不住向往：如果她可以像杨虹清一样大方就好了。

这已经是第四堂课。

课间休息时，大家约好下午去唱歌。

余棉照常独自窝在角落做题，没有参与讨论。

“余棉！”

笔尖一滑，余棉闻声抬头。她知道是程澈在叫她，正因为是程澈，所有人都看了过来，她的脸色渐渐发青。

只见程澈的嘴巴一开一合，她勉强听清他说的话。

他说：“一起去吧。”

她完全愣怔，无论是因为什么，她忘了拒绝。

√06

下了课，过个马路的功夫，余棉回到家。庄女士外出办事，还没回来。她想了想，走进房间，将房门反锁。

翻箱倒柜，对着穿衣镜连续试了几套衣裙。试到第五套时，她突然顿住。她看着镜子里在笑的自己，不知道自己究竟在期待什么。

也许她很早就想要融入集体，只是走出这扇门，她依旧是那个背着沉重龟壳的余棉。

良久，余棉脱下买来还没穿过的新衣服，挑了件最普通的宽肩带棉布裙，蓝色格纹，长度到膝盖。她穿过几次，布料因水洗拧干而发皱。没有刻意打扮，她很容易就泯于人群。

到了约定时间，余棉把给庄女士留的饭菜盖好，换鞋下楼。看到马路对面的程澈时，她有些意外。

大热的天，他穿了白色 T 恤搭配卡其色中裤，脚踩球鞋，普普通通的一身，却因为他的那张脸变得极具质感。他正在打电话，手无意识地抠着旁边报刊墙上的广告纸，路上不少人在偷偷看他。

余棉捏紧包带，还是决定不叫他，独自去唱歌的地方。但程澈看到了她，在马路对面大声叫出余棉的名字。

余棉脚步一乱，一时间走也不是，停也不是。她感觉所有人都在看她。事实上，没有人知道她就是那个男孩口中的余棉。

见她有反应，程澈趁着绿灯跑过来，一把拽住她的手。余棉僵硬地抽出来。他还在喘，毫不介意她的疏离。

“怎么打你电话都打不通啊？”

“什么？”

余棉没想到他第一句会是这个，她从口袋里掏出手机，看来看去，并没有未接来电。

“我没收到。”

“怎么会？”

程澈皱起眉头，凑近要看，无奈太阳太大，他看不清，干脆夺过她的手机确认。

不一会儿，他手机振动，他才知道他把最后一个数字弄错了。

“哎，特地去翻的电话本，没想到还是看错了。”他小声嘀咕。

余棉看着他一系列的动作，在听到他说出这句话后心里扑通直跳。

她默默拿回手机，说：“你打我电话干吗？”

程澈理所应当说：“咱俩一路，我想跟你一块儿过去啊。”

余棉背过身，慢腾腾地往公交站走：“同不同行，都一样。”

程澈追上她，不小心撞上她肩膀，热度传递，余棉微微滞神，然后听到他说：“怎么一样了？你知不知道最近新闻里有多少女孩出事？怎么连这点防范意识都没有。”

刚才程澈在马路对面都看见了，好几个男生路过她时频频回头。

她本来就白，穿了蓝色裙子就显得更白了，四肢修长又纤细，扎个马尾，漂亮得扎眼。程澈急了，直接就喊了她名字。

√07

俩人到时，包厢里已经来了半数人。

杨虹清率先看到程澈，刚要扬起笑脸和他打招呼，见到余棉，嘴角一僵：“你们在外面碰到的啊？”

程澈摆摆手：“我们两家挨得近。”

他这会儿很渴，一路上都是他在说，喋喋不休。余棉就只听，时不时出个声，点个头。

在快要下车的时候，她倏地问他：“你说了这么多，不累吗？”

给他气得都笑了。

程澈去喝水了，杨虹清转眼看向余棉。俩人一块上课两周了，却还没怎么说过话。这不是杨虹清的风格，但有时候人与人之间，磁场就是不对付。

尤其是在发现程澈的眼神不断流连于余棉，且经常主动过去给余棉讲题之后，杨虹清对余棉实在提不起好感。

“你和程澈早就约好的呀？”她问。

余棉别的不行，察言观色却是一把好手。她看出了杨虹清对自己的敌意，也竖起了身上的刺。

她摇头，淡淡道：“偶遇。”而后就走到沙发角落坐下。

唱歌的时候，大家挤眉弄眼，有意撮合程澈和杨虹清。在众人的调笑声中，一首情侣对唱歌曲被置顶。

前奏响起，杨虹清抬起下巴看程澈：“你会不会？”

程澈撇撇嘴：“我唱女的，你唱男的。”

这歌男低女高，杨虹清瞪眼：“程澈你有问题啊？”

“唱不唱？不唱就换。”程澈毫不客气。

杨虹清忍了：“唱唱唱。”

余棉坐了一会儿就觉得闷了。她不会唱，也不想唱，全程听歌，桌上小吃也没怎么碰。现在看着前边那俩人对呛，她垂下眼眸，有点想走。

“余棉。”

这时，她身边突然坐来一个男生，余棉反射性后退，局促地看他。

浮光掠影中，她想起他的名字，何彬。戴副眼镜，英语不错，成绩在补课的十人当中排前三。

“你不去唱歌吗？”何彬问。

余棉深吸一口气，尽量不露怯：“我唱得不好听。”

何彬笑：“好巧，我也是。”

余棉讷讷点头，不知道该说什么。

好在何彬没有让她冷场，他说：“其实我早就注意到你了。”

余棉看他。她有一双黑白分明的眼睛，澄澈而干净，何彬呼吸慢了半拍，才说：“你可能不知道，我们初中同校，我当时在隔壁班。”

余棉的脸顿时煞白一片。过去不好的记忆喷发似的涌现在眼前，她瞳孔失焦，手心瞬间冒出了冷汗。

也许初中对别人来说是稚气又美好，但于余棉，她只觉那糟糕透了，她恶心得不愿回想。

何彬很快察觉出她的不对劲，意识到自己的失言。毕竟当初她休学的事闹得挺大，校内都知道。

他连忙亡羊补牢："放心，我不会和别人说的。"

余棉反应迟钝地看他，好半天才消化了他的话。

她能感受到他的善意。和那些人不一样，他不是故意的。

她松了一口气，勉强对何彬笑了笑："谢谢。"

"程澈，你怎么回事啊？"

杨虹清好不容易压着嗓子唱完了男声部分，旁边却不接茬，空有伴奏充斥着整间包厢。

该唱女声部分的程澈冷眼盯着角落里那对男女，心里直想：好啊，一路上理都不带理他一下，转头就对那小眼镜笑靥如花。他重重搁下没关的麦克风，刺耳的反音吸引了所有人的注意力。

余棉并没有看过来，仍然呆呆愣愣，嘴角还停留在原来的弧度。

程澈脸色更臭，咬牙切齿地说："不唱了。"

√08

唱完歌，已是晚上九点。

特没劲地告别了其他人，程澈四处游荡，在人群中找到落单的余棉，身体比脑子动作快，他跑了过去。

“怎么不等我？”

程澈的声音如同落入深潭的一缕光，余棉恍恍惚惚一整晚，这时才有了真正的反应。

她回过神，略显呆滞地看他：“啊？”

见她这样，程澈气不打一处来。郁结四面八方地收紧，又四面八方地扩散，他突然就不气了。

这呆头鹅。

他手痒痒，揉乱她的头发，而后插回裤兜，指腹轻捻，心里回味，面上却再自然不过地说：“白天不都让你等我了。”

余棉不太习惯别人碰自己的头发，但程澈收手快，她只能将乱了的头发捋顺，说：“哦，忘了。”

程澈一噎。他发现她话虽然不多，倒是挺会气人。

“就这样，没了？”

余棉奇怪地问他：“你还想有什么？”

程澈深深吐出一口气，说：“也就两站路，我们走路回去吧。”

余棉本想拒绝，可看他目不转睛地征求自己的意见，忽然又没办法摇头了。

她默了默，妥协：“嗯。”

夏夜晚风徐徐，吹拂过长发，发梢轻碰手臂，程澈有点痒，却忍着没躲。他觉得夏风真好，将余棉身上的甜味全都送进了他的呼吸。看着不远处大大的“英语补习”招牌，他兀地开口：“余棉……”

“嗯？”

“我给你补英语吧。”

“啊？”

“啧。”程澈停下来，“你怎么一天到晚不是‘嗯’就是‘啊’的？”

余棉莫名：“因为你很奇怪。”

“我哪里奇怪了？”

余棉避重就轻：“我现在不是就在周老师那里补英语吗？你还给我补什么英语？”

难得她说这么多字，程澈心情很好地道：“笨鸟要先飞，我这是在给你开后门，懂不懂？”

他们做的试题，有时程澈也会帮周老太批改。他眼力尖，一下就发现她的基础薄弱，稍微拐个弯的问法，她的答案就全靠猜。来补课的十个人中，其他人都是奔着高分去的，只有她，是为了及格。

和军训后没被晒黑的白皮肤一样，显得格格不入。

任谁听到自己被说笨都会不乐意。余棉不说话，加快了脚步。

“说你两句你就不高兴了啊？”程澈步子大，很快追上她。他又说：“我呢，语文不好，而且是很不好。”

余棉脚步放慢，仔细听他说。

“给你开后门，也是有条件的。”

她忍不住问：“什么条件？”

“余棉，我给你补英语，你给我补语文呗？咱俩互补。”

他说得认真，眼神专注，仿佛整条街道就只剩他们两个。路灯、店铺、车流，交叠着在她眼前掠过。

她眯起眼，不太确定地问他：“你说真的？”

有缕头发掠过她的面颊，程澈微微躬身，伸手帮她撇开。

“真的。”

他同她对视。

“所以余棉，你能对我笑笑吗？”

√09

从第五节补课开始，余棉结束后便不再立刻回家，她会和程澈一起去本城最大的图书馆补小课。那里有独立自习室，他们去的时间通常是别人吃午饭的时间，所以每回都能占到位置。

给程澈补语文时，在自己擅长的领域，余棉总算有了点自信。只是没想到程澈在语文上会是如此不知变通，哪怕是她这种闷葫芦，都有种想敲他脑壳的冲动。

“程澈，你是不是故意的？”她叫他的名字越来越顺口，她自己都没发现。

程澈挠了挠头：“我倒是想故意，但我是真找不到阅读里能够理解的点。”

“照搬套路你都不会吗？”

“我会，但是架不住我总是搬错主题。”

余棉气闷，咬着笔帽思索到底是哪里出了问题。

程澈看着她认真的侧脸，窗外的光将她的脸映得好似水蜜桃，心之所动，他冲她吹了口气。

吹完自己都愣了。

余棉本能地缩了缩肩膀，看也不看他：“你就不能正经点？”

他眨巴着眼睛，偷偷揉了下发烫的耳根，又欲盖弥彰地说：“想出对策没啊？”

余棉扭头看他，还带点婴儿肥的脸有些委屈。

程澈咽口水，刚要说想不出来就算了。

她却开了口：“程澈，我觉得你没救了。”

这天结束得晚，从图书馆回到家都过了晚饭时间。程澈一开门，就被周老太慈祥的目光吓到。

“外婆，您干吗这样看我？”

程澈父母皆是科研人员，常年在国外，他从小就在周老太身边长大。祖孙俩人感情很好，从某种意义上来说，甚至能算忘年交。

“又和余棉去图书馆了，对吧？”

“嗯，她今天说我没救了。”

周老太嗤了声：“你那语文，确实是没救了。”

“您怎么胳膊肘往外拐啊？”程澈纳闷，“我乐于助人，却捞着个没救的评价，也太没天理了。”

周老太看他脸上没有一点不乐意的样子，她直言：“你是不是喜欢人家小姑娘啊？”

程澈惊讶地看向周老太，不羞不臊地承认：“有这么明显？”

周老太被气笑：“臭小子，你别耽误人家。”

“什么啊，我们现在在共同进步，关系很纯洁的。”

周老太转念一想：“确实，余棉最近是进步了挺多。”

“是吧，”程澈一甩头，“为了保持住您那化腐朽为神奇的传说，我这个站在您背后的英俊男人，真是功不可没。”

他没个正形，周老太也就没了教训他的心思，孰轻孰重，他向来懂。

勤能补拙。

努力了一个月的结果，是最后一节课的随堂测验，余棉考了八十八分。

质的飞跃。

余棉看着试卷，下意识去寻找程澈的身影。程澈正在冰箱里找汽水，像是感知到了她的目光，他蓦然回头。

她小幅度地冲他摇试卷。

他笑，无声对口型："我知道。"

课程正式结束，余棉想请程澈吃饭。但有人抢先她一步站在了他面前，是杨虹清。

余棉顿了顿，却被何彬叫住。

"余棉，你下午有空吗？"

"怎么了？"余棉拉开两人稍近的距离。

何彬扶了扶眼镜，笑意腼腆："同学一场，以后也不知道还能不能见面，想请你吃个饭。"

他是中大的，余棉是榆大，俩人不同校。余棉正犹豫着要怎么拒绝何彬，程澈就过来了。

他身上味道清冽，还未走近余棉就知道是他。因为没有戒备心，在程澈揽过她肩膀的时候，她忘了反应。

程澈笑眯眯地对何彬说："你晚了一步，她今天是要请我吃饭的。"余棉被他揽着，整个人都僵了。偏偏他还低头向她确认："是吧，余棉？"

身后杨虹清的目光几乎要将她穿透，眼前何彬的眼镜折射出白光，余棉头皮阵阵发麻。

她终是点了点头："对。"

大热的天，程澈说要吃火锅。

余棉挣扎说："就非得是火锅？"

他微笑，用力翘着的嘴角促使两颊的肉堆起，隐约挤出的双下巴让他看起来圆润得古里古怪："嗯。"

声音也古里古怪，装什么可爱。

余棉摸摸后颈："好吧，那就吃火锅。"

去得早，火锅店没什么人。

余棉挑了个靠窗的偏僻处，将菜单递给程澈："你点。"

"有没有忌口？"

"没有。"

程澈点头，几笔选完，末了给她念。看她没意见，就招来服务生下了单。

他很有主见，做事能快绝不拖拉。余棉呷了口茶，还未咽下，就听他问："你跟那个何彬，怎么说上话的？"

程澈就纳了闷儿了，他俩同班一年到头都没个交集，怎么余棉才见那小眼镜几面就敞开心扉了？

图什么，图他戴眼镜啊？

那天晚上，他让她给自己笑一笑，她愣了愣，倒没拿乔。

只是笑得比哭还难看，害得他当晚做了梦，半夜醒来整个人跟被雷劈中一样，洗澡的时候都在想，梦里的余棉，到底是在笑呢，还是在哭呢？

$\sqrt{10}$

这一个月说长不长，说短不短。余棉自己都讶异此时能和程澈坐在同一桌吃火锅。

说来也奇怪，她就是信任他，而且是毫无缘由的——如果安全感能实体化，那么在她看来，实体化的安全感应该长的是程澈的模样。

她低头看了看自己终于穿出来的新裙子，将杯中茶水喝尽，再平淡不过地说："其实也没什么。"

初三那年，因为同校高中部一个学长的追求，让"霸凌"二字贯穿了余棉整整一个学期。

校服后边被涂上黑笔印，桌洞里被放死蟑螂，板凳上面被涂胶水……这些她都忍了。直到后来某次体育课，有人将她堵在更衣室，她崩溃地跳窗出去，折了胳膊，就再也没回过那所学校。

她休学半年才重返校园。

余棉从未将这件事告诉别人，因为害怕别人知道了会觉得她好欺负，她将自己锁在了一个厚厚的壳里，谁也不接近，谁也不深交。好像这样，她就能远远地甩开那段不见天日的记忆。

但于她而言，程澈不一样。他很温暖，这是她对他的初印象。

可能他忘了，入校报名那天，她去排队领校服，有人看她动作慢，见缝插针地站在了她前面。她心里不舒坦，但不敢表露，是他从后边过来勒令那男生走开。

他的声音，是听到过后就忘不掉的。所以在班上认出他时，她第一次对新学校有了期盼。

原本以为说出来会很艰难，余棉想故作云淡风轻来着，结果没想到比她想象中要轻松许多。

当然，这和她对面坐的人是程澈有密不可分的关系。程澈的感染力，让她说出了难以启齿的往事，她舒服多了。

但程澈却陷入了沉默。

许久，菜已上齐，锅底沸腾。

他问："那欺负你的那些人呢？就这样放过了？"

"带头那个人的爸爸好像因为这件事被查了，有一个退学了，还有一个……"余棉当时自我封闭，又无心无力，这些都是她爸爸处理的，她没有太关注，"我都忘了，但应该都是得到惩罚了。"

程澈还是觉得不够："你告诉我名字，我去把她们揪出来。"

"我初中不在这儿上。"余棉笑他，"你要是找到她们，难道还要打一顿吗？"

"是。"

程澈前所未有地正经："我真的会打她们一顿。"

余棉突然觉得这辣锅沸得过头了，熏得她眼睛直疼。

她低下头，小声地说："那就够啦。"

吃完火锅，程澈送余棉回家。这次，他坚持要送她到楼下。余棉没法，就由着他了。

"你住哪层？"

"二层，"余棉指了指，"就那个。"

他们去年才搬来本城，这户人家正好急着脱手，庄女士二话不说就拿下了，只因这里离榆中近。

程澈伸头看了看："是有很多花的那个阳台吗？"

余棉点头，她踢开脚边的小石子，说：“我都到了，你回去吧。”

程澈未动，抬眸就是照明灯下飞扬的粉尘。他需要平复自己体内乱蹿的情绪才能说出接下来的话。

“余棉。”

他高，余棉得仰头看她。

“怎么了？”

他一字一顿：“有我在，以后不会再有人欺负你了。”

夜晚好安静啊，导致程澈的话在耳边回响了一遍又一遍。

余棉蜷起手指，指甲盖硬生生地硌着她掌心，她保存三分清醒，轻声道：“程澈，我能问你一个问题吗？”

“问。”

“你为什么要对我这么好？”

刚才还一脸正气的程澈一听到这句话，立刻泄了气。他摸摸鼻梁，看上去怪难为情的。

“我以为我表现得很明白了。”

余棉滞住。

他重新拾起认真，说：“余棉，我喜欢你。”

$\sqrt{11}$

一整天了。

余棉发呆一整天了。

不用补课，还有十天才开学，她昨夜辗转反侧，没睡好，天刚蒙蒙亮就坐到课桌前翻书，却一个字也没能看进去。

她总是不受控制地去看手机有没有新消息——程澈的短信是晚上八点整发送过来的。距离昨晚两人告别，过去了整整二十四个小时。

余棉错愕，有些好笑自己失魂落魄一整天是为了什么。这人怎么那么轴，说给一天考虑就真的给满一天。

她点开短信，一共两条。

第一条：**考虑好了吗？**

第二条：**我在外面，你到阳台就能看到我。**

余棉不由心跳加速，她出了房间，快步走到客厅，却在推开阳台门的时候踟蹰起来。庄女士正在洗澡，她对着黑屏的电视顺了顺头发，拎起半满的垃圾袋，扬声道："妈妈，我去倒垃圾哦。"

庄女士的声音很小，余棉却瞬间捕捉到了她的准许。她换了鞋出门，下楼时因为脚步声急，声控灯亮了三层楼。快要拐出楼道时，她又放轻了脚步。

程澈就站在昨天那个地方等她。

"我下来倒垃圾的。"她说。

程澈没收到回复，又没在阳台见到她，他连破门拜访都想到了，还好她出来及时。

他接过她手里的垃圾袋："我帮你。"

余棉无言地跟着他走。垃圾站挺远的，出来没百米就是小区的健材区。挺晚了，这会儿没什么人。

余棉坐了个秋千。程澈本来坐她隔壁，觉得不爽利，就站起来，蹲在了她前边。

余棉垂眸："你干吗？"

他却不答，而是去触碰她放在膝盖上的指尖，见她要退，他更快，直接握住。

“你还没回答我。”

余棉倒是想挣脱，没挣脱开，她不禁气恼：“你要无赖我怎么回答？”

“那我就当你默认了。”

余棉呼吸快了两秒，这才试探地说出自己的条件：“开学后的第一次阶段考试，你语文考及格了，我就答应你？”

“这么简单？”他脱口而出。

余棉脸色爆红，非常用力地要脱开他的手：“简单就算了。”

“别啊别啊，”程澈怎么都不肯放，一时得意得不行，“我答应了，你也别赖账。”

余棉看他：“还没月考呢，你就这么自信？”

“那你就太小瞧我了。”

余棉抿唇，觉得两人手心都快握出汗了：“好热，别握了。”

“这就热了？”

程澈终于松开，还没继续往下说，就见她站起来：“我先回去了。”

“这才下来就要走啊？”

“那你想怎么？”

“你亲我一下。”

余棉挤出几个字：“程澈，你神经病啊？”

程澈却哈哈大笑：“我就说你才没有那么乖，这还没在一起就急着给我露爪子了，真有这么喜欢我？”

跟他争辩永远他有理。余棉急得满脸通红，无话可说，转身就要走。可还没走出几步，人刚踏进树影范围，她整个后背就被笼进一片炙热的怀抱。

她吓一大跳："程澈！"

程澈用脸贴住她耳朵。

"亲不行，抱总行了吧？还有一个多月呢，你怎么也得提前给我一点福利。"

余棉心里扑通直跳，声音细如蚊蝇："会有人来的，你松开。"

程澈倒没耍赖，他依言松了手。

余棉没来由地失落。但这情绪还没开始翻涌作祟，她侧脸靠近耳朵的地方就被亲了一下。她错愕地回头，程澈离她几米开外，脸上是得逞之后的笑容。如果仔细看，他耳根和她的脸色其实一般红。

他倒退着走，笑道："睡个好觉，棉棉。"

$\sqrt{12}$

虽然余棉给两人在一起的时间定在了阶段考试后，但程澈显然不是个会安于现状的人。

开学当天，专业分流后班里多半是一些生面孔，座位安排还没出来。余棉挑了靠窗一排坐下，正在擦桌子上的灰，身边忽然笼下一片阴影。她抬头，意料之中又意料之外地看到昨天才见过的人。

她一慌，余光环顾四周，觉得哪哪儿都不自在，于是小声道："你怎么过来了？"

程澈拉开椅子坐下："都随便坐，我就觉得你这个位置挺好。"

余棉下意识看了眼教室的座位情况，还好，他来得晚，这会儿本来也没剩几个座位了。

“你不是都喜欢坐后排？”

程澈抓错重点：“看来你之前还是有关注过我的嘛。”

余棉忽视他的不正经：“你就别坐这儿了。”

“为什么？”程澈支着腮帮子，浑不在意的样子，“你这里是镀了金？怎么还不让人坐？”

余棉脸一红，就见他凑近，用只能两个人听到的声音说：“这儿没几个人认识我们，怕什么？”

谁说没几个人认识。不认识她正常，但放眼整个年级，乃至整个学校，谁人不知程澈的大名。

余棉心知自己是拗不过他的，最后还是选择了妥协。

“那你别闹我。”

程澈会心一笑，就知道她好说话。

新班级有新班级的好，在程澈的影响下，余棉不再是角落里的边缘人物。因为他，她很快融入集体。

她语文好，在竞选班干时，受旁边程澈的怂恿，举起了手；与周围人也有了交流；中午下课便和程澈去吃食堂；年级举办过篮球赛，程澈勒令她必须去看，她给他带了水，和大家一起喊加油……

类似这样的事情很多，但每一件都有程澈陪着余棉。

班上已有不少人嗅出端倪，却从没有人出声质疑。

仿佛那就是理所应当的，他们本就该是一对。

阶段考试如约而至。

第一科考的是大学语文，余棉比程澈还紧张。

他俩不在一个考场，但也就隔了一个班的距离。考前余棉在教室外反复叮嘱程澈，作文审题一定要注意，憋也得憋够八百字。

“你平时不是很能说吗？正常发挥就好了。”

两人站在走廊尽头，又有墙壁隔着，程澈去握余棉的手：“这么怕我考砸？”

余棉下意识就要挣脱。

他握更紧：“没人。”

余棉蜷起手指，轻轻地在他手心挠过，她说：“我只是不想你一个月以来的努力白费。”

他很讨厌背书，却还是陪她每天早上默写文言文，别人都在做数学，就他跟语文的阅读理解死磕，她都知道的。

程澈心一软：“放心，我这次一定及格。”

余棉没好气道：“没让你一定及格，尽力而为。”

“那怎么行？我让语文折腾我一个多月，就是奔着及格去的！”

余棉忍笑，到底没有再挫他锐气。

语文考试两个半钟头，余棉提前半个小时写完，检查两遍过后，反常地发起了呆。这次作文有些难度，很容易受字眼迷惑，按照程澈以往做语文的逻辑，怕是有点悬。

她有些后悔说及格了。但再后悔，话也放了出去。

考试结束，余棉走出考场，与正好出来的程澈相遇。

“棉棉。”

他看上去不太好。

余棉也顾不上旁边有人了，拉着他就去了楼梯间。

“考砸了？”

程澈不说话。

“没关系的，下次考好就行了。”

程澈还是不说话。

余棉没辙了，试探地说：“实在不行，我们要不放低标准？”

程澈看着她急切地想要安慰自己，终于开口：“我觉得我这次可能要考八十以上了。”

“什么？”余棉没反应过来。

“作文我写的是惜才，这没错吧？”

是没错，余棉却是火冒三丈。

她举起手里的书本就往他手臂招呼，大喊：“程澈，你要死啊！”

程澈嬉皮笑脸地躲开：“你答应我了啊，不能说话不算数！”

余棉才不搭理他，追着他就跑了整层楼。

三天后，阶段考试成绩出来。

程澈的语文八十一分，果真是考了八十以上的成绩。

END

半立方悸动

文/三秋

一个不知名游戏盒子

√01

“你认真的？”饶星站在一架电子琴前，尽管有些尴尬，但还是又问了一遍。

那边坐在电脑椅上的男生仰着头，曲起一只脚踩在椅子上，姿势散漫而随意，低低应了一声：“嗯。”

这回饶星听清了，她更蒙了：“不是……为什么啊？”

路嘉翊昨晚又熬夜写谱，刚刚被饶星拉起来整个人都还是困顿的，他一时半会儿没说话，或者是他也不知道该怎么回答。

从饶星的这个角度正好能看见他仰头时格外凸出的喉结，此时那喉珠轻微滚动了两下，路嘉翊说：“你不是都被陈姨逼得不想回家了吗？大冷天，一个人在学校不惨啊？”

饶星的母上陈女士不知道从哪篇害人不浅的微信小文章上看到了

饶星的生肖运势，对于上面分析的内容深表认同，认为饶星今年要是一直单着，后面的运势肯定会急转直下，影响她人生后几十年，说不定还有大祸。

在饶星还没念完大三的情况下，陈女士竟开始未雨绸缪地操心起了她的终身大事，见缝插针地在她没课的时候给她安排相亲。她在学校那家咖啡馆都混成了熟客，每回去老板都一副“哟，又换人了”的微妙表情。

饶星烦不胜烦，每次回家都像上刑似的。

上星期路嘉翊参加完竞赛回家，饶星就像以前那样给他吐槽这些琐事。

他俩打小学就认识了，从初中到高中，虽然不同班，但一直同校。

当时路嘉翊听着，也没什么表情，薄薄的眼皮撩着，眼尾又有些下垂，眼珠润而黑，不说话的时候总带着一股可怜劲儿，像下雨天被淋湿了毛发的小狗，戒备心强且孤僻，当然那是对外人，对饶星就不一样了。

饶星在他面前总是自称“姐姐”，他也从没反驳过。

“我真的太无语了，你说我妈一单亲母亲，不操心自己，天天盯着我干什么？”

路嘉翊不置可否，他眼下有些青黑痕迹，显然是竞赛完就赶回来没休息好：“那你就谈一个。”

饶星说：“你们倒是上下嘴唇一碰多简单，我谈什么啊？和谁谈啊？怎么谈啊？我又不喜欢他们这种类型，强扭的瓜不甜，隔壁一年级的小胖都懂的道理。”

“知道了。”

饶星头疼地揉了揉额角：“你又知道什么了？”

路嘉翊不答，只问：“你喜欢什么类型的？”他把下巴藏进竖起来的衣领，露出半张冷白精致的脸。

“我喜欢……”饶星托着腮，从反光的落地窗里瞥见了路嘉翊的身影，他眼睫低垂，明明浑身萦绕着一种冷意，但一点也不冻人，饶星说：“我喜欢乖的。”

路嘉翊说：“哦。”

那天没聊多久，路嘉翊就把饶星送回家了。临别前饶星站在高两级的台阶上，熟练地伸手揉了揉他的脑袋：“姐姐走了，既然比赛完了就别关着做题了，不差那点学分，放假带你去滑雪，约上明明他们。”

路嘉翊看她一眼，头发被揉乱了也没什么怨言，他刚刚憋回去一个哈欠，这会儿眼神湿漉漉的：“好。”

饶星满意地笑开，嘱咐他：“赶紧回家。”

路嘉翊又说：“好。”

对她什么都说“好”的“小弟”路嘉翊，隔天就趁她不在，在路、饶两家聚会的时候就往餐桌上投下个重磅炸弹——

“我和饶星在一起了，竞赛前的事，没来得及告诉你们。”路嘉翊肩背挺直，眉眼明亮，“陈姨，我对饶星是认真的。过两年我满二十二岁，我们就可以把证领了。”

好家伙，前一句话刚宣布恋情，后一句话就要户口本领证的，他路嘉翊当属第一人了。

路奶奶倒是很喜欢饶星的，当时就笑得合不拢嘴。陈女士则是惊喜中掺杂着震惊，露出一个名为“饶星今天要完了”的笑。

饶星当天晚上才知道这件事，陈女士一说完她就蒙了——她，和路嘉翊，在一起？这是什么小学生用词组句的题目吗？她怎么看不懂了？

不知道路嘉翊搞什么鬼，所以她第二天起了个早就杀上路家。

√02

路嘉翊去洗漱，饶星就寸步不离地跟在他身后，堵在卫生间门口看他刷牙。

自从小学毕业之后她就再也没享受过能够俯视路嘉翊的视角，这小子青春期就开始猛蹿到了一米八，每次学校早操的时候饶星只需要往最后一排瞄一眼就能看见他。

“我妈和路奶奶都当真了，你不知道今天我进门的时候路奶奶看我那眼神多慈爱。”饶星靠在门框上碎碎念，“不行不行，你闯的祸你自己去解释清楚，不然我妈非扒我皮不可。”

路嘉翊洗完脸，正照着镜子刮胡茬。他是典型的冷白肤色，未擦干的水珠顺着下颌角滴到衣领上，一件有些皱巴的黑衬衫被他穿出了让人心猿意马的感觉。饶星看他这张脸看了十几年，现在还是会有大饱眼福的感觉。

“这样不好吗？陈姨不会逼你去相亲了，你也不用费尽心思应付那些不喜欢的人。”他垂下眼，清洗沾满泡沫的刀刃。

饶星说：“好什么！全都乱套了，虽然我的确不想再相亲，但也不是用这种办法啊！”

路嘉翊牵起嘴角笑了一下，含糊不清地问：“为什么不能？”

饶星有种被他牵着鼻子走的感觉，她急道：“当然不能了！我俩什么关系啊？你又不喜欢我，我也——”

“我没说不喜欢。”

“对啊，你不——啊？”

路嘉翊皱了下眉毛，刀片不慎将下巴刮出一条血痕，他看见镜面里饶星一下子愣住的表情，挑了挑眉，重复道：“我没说不喜欢。”

饶星整个人都呆住了。

但她很快捡起作为姐姐的威严，严肃道：“路嘉翊，开什么玩笑。”

“没开玩笑。”路嘉翊站直，极具压迫性的身高将饶星堵在门边，漆黑的眼睫情绪起伏，“我认真的。”

饶星伸出两根手指抵住他：“好好说话，靠这么近干吗？”

路嘉翊的傲娇劲儿上来了，居高临下地觑她一眼，转身道：“不信算了。”

$\sqrt{03}$

饶星从路家出来以后一边走神地想这家伙刚才靠这么近是怎么回事啊，一边脑子里不受控制地回放那句“我认真的”。

回放效果还是杜比音效那种。

饶星拦了个车回学校，和她“狼狈为奸”的好闺蜜张明明正饱受挂科折磨，忙着复习概率论。听饶星颠三倒四地讲完一通之后，张明明居然没有丝毫意外，只用一种高深莫测的眼神看她。

“怎么了？你也觉得路嘉翊有病是不是？”

张明明摇头：“我只是觉得——”

饶星紧张道：“觉得什么？”

“觉得他能忍这么久也是不容易。”

饶星皱眉：“什么意思？”

张明明朝她伸手，拇指食指捻动，笑得十分猥琐。饶星给了她一掌：“饭卡给你刷一星期，别磨叽，快说。”

“嘿嘿，谢谢星姐。”张明明合上概率学的书，“记得你以前逃课去约会被你妈收拾惨了的那回吗？”

饶星当然记得，那时饶星和班里的体育委员对上眼了，有一天体育委员准备带她翘课去打游戏机，饶星一口答应，还提前和路嘉翊串供好，让他给她打好掩护。结果也不知道是哪个环节出了问题，居然被陈女士知道了，那天饶星回家被打惨了。饶星哭过之后就把体育委员忘得一干二净，至今也不知道陈女士到底是如何发现的。

张明明说：“是‘小自闭’告诉你妈的。”

“小自闭”是路嘉翊的绰号，他刚随路奶奶搬过来的时候，年龄又小又内敛沉默，在这片几乎没朋友。饶星就不一样了，打小就是孩子王。当时两家是邻居，饶星理所当然地就给自己安排了个“大姐大”的头衔，非常自觉且主动地照顾起小她两岁的路嘉翊。

饶星狐疑地问：“你怎么知道？”

明明说：“我妈让我去你家拿酱油，我听见的呗。路嘉翊一字不差地把你卖了，那是脸不红心不跳啊。”

饶星张了张嘴，却不知道说什么。

明明接着道："姐妹，我以为路嘉翊对你心怀不轨是众所周知的事情，合着您这么多年是一点没发觉啊？"

饶星冷冷地瞥她一眼："别瞎用成语。"

明明拍了拍她的肩膀："乱臣贼子一朝上位，皇上您任重道远啊！不过别的先不说，能不能叫你家那个给我补补课啊？让我抱上你们的大腿呗。"

张明明的大腿没抱成，因为饶星已经躲了路嘉翊好几天了，但再怎么躲，选修课却躲不开。

饶星和张明明的选修课全是跟着路嘉翊报的，用明明的话来说，跟着大神选课不仅能拿最全的学分，还能选到课时最少的课程。

她还不知道怎么面对路嘉翊。

于是一狠心，她逃课了，前线的明明同志却传来线报：路嘉翊也没去上课，据说病了，请了三天假。

路嘉翊从小肺就不太好，冬天很容易感冒咳嗽。饶星想起上次他竞赛回来脸色就很差，但自己只顾着朝他抱怨，根本没关心他。

想到这里，饶星长叹一口气，觉得自己忒不是人了。

$\sqrt{04}$

周末饶星没再继续装蜗牛，打车直奔路家。

给她开门的是路奶奶，老太太挽着她的手臂往客厅走："路仔还在睡，我去把他叫醒，你等等啊。"

路仔是路嘉翊的小名，饶星每次听路奶奶这么喊，都觉得好萌。

“不用喊，我就看看。”饶星心说还是让他睡吧，睡着的路嘉翊好对付一点。

路嘉翊的房间饶星是再熟悉不过了，就算没开灯，她也能熟门熟路地摸到床边去。

路嘉翊没醒，饶星就坐在床边的地毯上盯着他的侧颜出神——

性格又拽又别扭的人活这么多年还没被人套麻袋，肯定是因为这小子太好看了。饶星很多次和他闹别扭后很快和好，大部分原因就是她见不得帅哥受委屈。

两人唯一一次冷战超过五个月的，是念高一的时候。

升高中以后，饶星觉得成绩只要保持中游就行，一直很散漫。相反的，路嘉翊这块宝一入学就被老师塞到竞赛班，饶星经常在他们班门口的小阳台上看小说等他下课一起回家。

饶星像一团明艳的火,她对路嘉翊的笑容和偏爱都是毫不吝啬的,他们之间有种不可复制的亲密感。

高中生的八卦之魂燃烧起来不得了，竞赛班的人都知道学神路嘉翊有个漂亮的青梅姐姐。

“还以为你们竞赛班都是书呆子，结果他们居然这么八卦！”饶星踩着单车冲在前面，夏风把校服吹得贴在身上，隐约勾勒出少女姣好的曲线。

路嘉翊跟在她身后，龙头上一左一右挂着两人的书包。最近班里有男生朝他打听饶星的消息，他有点不爽，语气漠然冷峻：“他们太无聊了。”

饶星成心逗他：“我看你们班数学委员长得还不错。”

路嘉翊面无表情地说：“他脚臭。”

饶星被噎了一下，不信邪：“上星期国旗下讲话的那个班长呢？”

“口臭。”

“创意航赛的第一名呢？”

“你喜欢第一名？我也可以拿。”

“那——”

路嘉翊也不知道是哪口气不顺，突然刹停单车，单腿撑着地，冷笑道：“所以你每天等我就为了看他们？”

饶星“啧”了一声，眯着眼打量他：“你今天怎么了？我惹你了？”

路嘉翊直视她：“难道不是吗？”

饶星也怒了：“路嘉翊你最好在我生气之前好好说话啊，阴阳怪气给谁看啊？”

路嘉翊彻底冷下脸：“我脾气就这样。”

吵到最后不欢而散，饶星猛蹬自行车，远远把他甩在身后。

她生了好几天闷气，上课也总是走神。

$\sqrt{05}$

这次冷战可谓是旷日持久，直到饶星听说了路嘉翊准备出国的消息。

陈女士单位发了两张演唱会门票，于是饶星想方设法让陈女士把其中一张门票给了路嘉翊，另一张自己留了下来。饶星本来以为路嘉翊因为冷战不会去，结果那天他是还去了。

那是2010年的夏天，演唱会在工体中心举行。

饶星穿了条小白裙，路嘉翊则是白衣黑裤，干净清爽，两人站在一起穿得就像情侣装似的。

路嘉翊比她早一步到，站在入口处排队，手里还拿着一瓶没拆过的饮料。

“等很久了？”饶星尴尬地没话找话。

“刚到。”路嘉翊拧开瓶子递给她。

饶星偷偷用余光瞥他：“哦。”她憋了一肚子话想问，诸如“你真的要出国了吗”“你还生气吗”，但话都堵在嗓子眼，被饮料一冲又全咽回肚子里了，她跟在路嘉翊身后进场。

现场人很多，她好几次要被挤走的时候路嘉翊伸手拉了她一把。后来或许是觉得麻烦，他拉上之后就一直没放手，直到找到座位。

饶星觉得热，手心出了细密的汗，不停喝饮料。

演唱会正式开始，耳边都是粉丝声嘶力竭的呐喊声。饶星是个人来疯，互动环节也站起来跟着嚎，挥舞着手里的荧光棒，路嘉翊怕她被别人撞到，一直挡在她身侧。

JJ从《曹操》唱到《学不会》，又到《背对背拥抱》，在满目绚烂的紫色灯海中，他唱：

我不要一直到

形同陌路变成自找

既然可以拥抱

就不要轻易放掉

饶星拉住路嘉翊的袖子，大声在他耳边问：“你真的要出国吗？”

太吵了，满场的喧闹，可路嘉翊望向她的眼睛里总留有安静一隅，饶星看见他的唇形，说的是：“你想我去吗？”

话总说不清楚

该怎么明了

一字一句像圈套……

JJ 在舞台上说：“有没有今天吵架的朋友？”

观众席爆发出喧哗声，饶星的耳膜都被震得发蒙。演唱会的高潮，JJ 在说：“有吵架的朋友，今天用这首歌和好——既然可以拥抱，就不要轻易放掉……”

全场尖叫，饶星在这声音里红了眼眶，踮起脚在路嘉翊的耳边吼：“不想！不想你去！”

随即她被大力拥进一个怀抱，那人的手臂箍得她肩背都发痛，在呐喊声中，她清晰地听见路嘉翊在她耳边说——

“不去，我舍不得你。”

2010 年的夏天，发生了很多不同寻常的事情。

那一年上海世博会开幕、嫦娥二号卫星升空。

那一年饶星用一句“我不想”把路嘉翊留下来，而演唱会之后，两人又心照不宣地将那天的悸动深藏于心，继续当起了朋友。

高二开学，饶星选文，路嘉翊选理。高三上学期，路嘉翊因为成绩优异获得了保送 A 大的名额。

后来那一年饶星都拼命学习，有不懂的就直接去找路嘉翊。她下意识追赶他的步伐，几乎成了竞赛班的常驻学员。

12年的六月份，饶星的成绩出来了，670分，超常发挥，稳进A大。

张明明同学因为不追星了，也吊着车尾进了同一所大学。

属于高中时代的匆忙与悸动，停留在一张双人毕业照上——

他们都穿着蓝白色的肥大校服站在一起，饶星肆意骄纵地笑着，而路嘉翊的视线，始终望向她。

√06

饶星把下巴搁在床边，一抬头冷不丁对上一双亮晶晶的眼，她忙伸手去探路嘉翊的额头："你什么时候醒的？"

路嘉翊的声音听上去不太好，但带着一点笑意："在你碎碎念骂我的时候。"

他习惯性叮嘱："别坐地上，凉了你又喊肚子痛。"

饶星应了一声，站起来在房间里找凳子，可唯一的电脑椅笨重不宜搬动，她有些尴尬地摸了摸鼻子。路嘉翊伸手拍了拍柔软的床垫。

如果是以前，饶星肯定毫不犹豫就坐上去了，但自从路嘉翊单方面"官宣"之后，气氛就变得怪怪的了。

她站着不动。

半晌，路嘉翊平静地问她："你讨厌我了吗？"

饶星摇摇头："我没有。"

路嘉翊的嗓音变得有些干涩，透露着像是灌了一杯中药似的苦："那就是你还不相信……我没撒谎，也没玩你，饶星，"他顿了顿，目光隐忍地望向她，"你真的不知道吗？"

饶星最看不得他这种表情，整个人仿佛在一个被慢慢抽成真空的袋子里，脑袋晕晕乎乎。

昏暗的房间中，某种冷调的香落在她手腕上，是路嘉翊的手指轻轻握上来，把她拉得微微俯身。两人鼻尖相对，在十几秒钟的无声对峙后，他平静而直白地问道："那年演唱会，你听到了对不对？"

饶星用沉默代替了没说出口的答案。

她当然听到了，路嘉翊说的，不去，因为舍不得你。

路嘉翊懂了，于是问："装作什么都没听见，是不想我们变得尴尬，还是不想我变得尴尬？"

这个问题相当刁钻，主体不同，内含的意义也不同。

他步步为营，将饶星逼到不得不回答："答案很重要吗？"

路嘉翊说："重要。"

饶星一下子变得无所适从，她在房间里来回转圈圈，不自觉走到窗台上放的小鱼缸面前，手里抓起一把饲料慢慢往里扔。

"不想我们变得尴尬。"她叹了一口气。

友情尚且有回旋的余地，爱情可是一点也没有的。

她这边低眉垂眼地叹气，路嘉翊却低沉地笑了一声："知道了。"

他站起来走到她身边，上身只穿了一件单薄T恤，隐隐能看见肌肉线条。不知道从什么时候起，他已经变得比饶星想象中的成熟许多。

"你又知道什么了？"饶星小小的脑袋充满大大的疑惑，上一次他说完"知道了"以后隔天就摆了她一道。

“知道你的担心、顾虑和胆小。”路嘉翊说，“你是怕最后连朋友都做不成是吗？”

棕色的鱼饲料沉进水面，被两只小金鱼叼走，水泵发出规律的运转声。

咕噜咕噜。

饶星觉得今天的路嘉翊有点难以招架，而且这里好挤，她有些慌不择路地把掌心的饲料全洒了，脚步一转准备跑路。

刚转身，腰被人勾住。路嘉翊像一堵墙似的挡住她：“我明天在邻市有比赛。”

饶星仰着脖子僵硬地问：“所以呢？”

路嘉翊冰凉的手指轻轻搭在她肩上，明明一副胆大包天的作态，可说出口的话却似低语喃喃，还有点委屈：“所以你别去什么相亲了，和我试试，好吗……姐姐？”

$\sqrt{07}$

“他犯规啊！”饶星抓狂地坐在靠椅上，手里抓着张明明的抱枕撒气，“这家伙从小到大主动叫我姐姐的次数屈指可数好吗！他就是拿准了我耳根子软才这样喊的！”

那抱枕都快被她揪秃了，张明明实在看不过去：“所以你到底还在纠结啥啊？”

饶星被问住了，嗫喏着开口：“——他藏得这么深，万一没那么喜欢我怎么办？”

张明明翻了个白眼：“星姐，他还藏得深啊？你怕是还不知道你大一的联谊是怎么黄的吧？

“哎，我是真看不过去了。”张明明拖过一把椅子坐她面前，“大一新生联谊，记得吗？”

当然记得，那会儿刚军训完，饶星晒得黑了两个色号不止，路嘉翊却跟没事人一样，开学有多白，军训完还是多白。

新生联谊也是A大的传统了，恰逢十月国庆放假，体育系和金融系的几个班就在市里订了一家自助烧烤，饶星和张明明一起打车去的。

当时路嘉翊忙着做实践课程，大概就是让新生去外面的机构做市场调查，结束之后能拿到一个学分。饶星去联谊之前还千叮咛万嘱咐，如果有机构让他交钱千万别上当，直接走人。

结果饶星刚到市区，连体育系帅哥的影子都没见着就接到了路嘉翊的电话。

“多少？你说多少？一千的培训费？！哪个机构啊，抢劫呢！”

饶星挂了电话就带着张明明直奔路嘉翊给的地址，后来据张明明说，饶星简直像只母恐龙似的，就差把机构一窝端了，最后负责人含泪把钱退给这位姑奶奶才算完事儿。

“‘小自闭’当时被你训了一路都没吭声，我甚至隐隐觉得他还有点兴高采烈。那天你不想他落单带他一起去联谊，结果如何？‘小自闭’全程守骨头似的守着你，不知道的还以为是你男朋友来了。”张明明说完，总结道，“所以不是他藏得深，是你选择性看不见啊姐妹。”

想起来了，那天饶星还喝大了，是路嘉翊把她背回家的。

张明明叹了口气："还有好多事呢，在你看不见的地方'小自闭'其实做了挺多的。你自己去问他吧，反正他对你从来不撒谎的。"

$\sqrt{08}$

去机场的路上饶星给路嘉翊打了个电话。

"你几点的航班？"

"一个半小时后，怎么了？"那边似乎愣了愣，以为她有事，"很着急吗？我可以先离队改签。"

"不用改，只是找你问点事情。"饶星尽量让自己的语气没有波澜，实际上她的胸口仿佛揣了一团火似的，这火撩得她快失去理智了。这种感觉有点像是小时候放风筝抓不稳，她太用力怕勒到手指，太轻又怕风筝飞掉。

从学校到机场满打满算需要四十分钟，饶星下车才记起来没问他是在哪个登机口，但电话刚拨到一半，就看见了站在柱子后面的路嘉翊。

他背了个黑色双肩包，是十八岁生日饶星送的牌子货。张明明说这包一般人 hold 不住，也只有他这种肩宽腿长的帅哥背着不像是捡破烂的。

她快步走过去没留神绊到了台阶，路嘉翊走过来："小心，到底怎么了？"

他伸臂过来扶，饶星就顺势抓住他，没给他反应的时间，连珠炮似的说："我要你保证，我现在问的每一个问题你都不能撒谎。"

路嘉翊没怎么犹豫就答应了。

“当年我被我妈抽得最惨那次是不是你告状的？”

“是。”路嘉翊居然一点没心虚。

饶星觉得牙痒痒，瞪着他：“那高中你们班的数学委员和班长也没有脚臭和口臭吧？”

路嘉翊挑眉，奇怪道：“你怎么知道？”

“废话！毕业的时候我送了他们一人一瓶除臭剂，人家还莫名其妙呢！”

“噗。”路嘉翊忍不住笑出声，清冷的眼中带了点笑意，“骗你的，你当真了？”

饶星伸手掐他腰，路嘉翊捉住她的手腕捂在掌心：“还有吗？我都可以交代。”

“故意给培训机构交钱是为了让我去接你？”饶星道。

“不是。”

“嗯？”

“是为了不让你参加联谊而已。”

饶星定定看了他半晌，又说：“大二我谈恋爱，是不是你搅黄的？”

饶星大二的时候参加了个射箭的社团，里面有个师兄对她很有好感，饶星也不讨厌他，就顺理成章谈了一段时间。

没多久，也就两个星期左右，分手那天正好是情人节，师兄来找她，脸色差得像是要打人，但一开口却无缘无故地朝她道歉，最后提了分手。

饶星还蒙着，路嘉翊就让她去步行街吃饭，他订了一家很难排队的餐厅，也是饶星很早以前就想吃的。

要不是张明明提醒她，饶星压根不会去想为什么那天路嘉翊的时间会掐得那么准，刚好知道她没有人约，听见她分手之后还能那么淡定。

她本身是个性子散漫的人，很多事只要没触到她的底线，她一概可以忍。

路嘉翊解释道："那个师兄脚踏两条船，另一个对象恰好是我们队的一个女生。我发现之后要求他立马和你分手，道歉。"

饶星对这个答案没意外，只是消化了一下。

这时路嘉翊的手机在兜里疯狂振动，他摁掉了："还有别的问题吗？没有的话我走了。"

饶星听见自己的心跳和那振动共鸣了似的，她以为这些问题得到证实以后自己会有点生气，哪怕只有一点点。

但是没有，她不仅没有不高兴，甚至觉得有点欢喜。

"最后一个问题。"她深吸一口气。

路嘉翊的掌心已经微微出汗了，贴着她的手腕有些潮，脸上是强自镇定中带着一点慌张，嘴还挺硬："如果你要算账的话等我比赛回来吧，绝情的话也别说，会影响到我，快要登机了，我先——"

"你说的试试，现在还管用吗？"

"嗯？"路嘉翊觉得自己听错了。

饶星认真地看着他："管用的话我们就试试，不管用的话，换我来说一遍。"她几乎要踩到路嘉翊的脚，鞋尖抵着鞋尖，"路嘉翊，要和姐姐谈恋爱吗？"

这是饶星在出租车上就想好了的，她盯着一路上全亮绿色的信号灯，觉得这是命运给她最好的时机——当你去见想见的人，会一路都是绿灯。

而那些被她刻意忽略的悸动和喜欢，现在如此强烈地告诉她——主动走一步吧。

路嘉翊的声音有些干涩："饶星，你没玩我吧？"

饶星伸手抱住他，在他怀里仰起头："要我亲你一口吗？虽然进度有点快，但你单恋姐姐这么多年也是蛮能忍的——"

"要。"路嘉翊眼眶发红，"我要。"

"啊？要不等你比完赛——"

话落一半，唇便被人含住。

温热的触感，炽烈的荷尔蒙裹着须后水的味道让饶星的大脑短暂空白了几分钟，她的世界像是一瞬间被抽去了所有感观，直到路嘉翊松开她："不能反悔了。"

饶星被亲得五迷三道，头一次觉得脸皮挂不住，催他："快进去安检，一会儿误机了。"

"你打电话过来的时候我就改签了。"路嘉翊拉着她走到旁边一个咖啡厅，"不着急。"

什么时候？那刚才他还一副很急的样子。

饶星也不多追问，她心说正好，她还怀疑很多事都是路嘉翊在背后"搞鬼"，现在正好问清楚。

"好，你问，我都说。"路嘉翊的嘴角始终挂着笑，很好说话的样子。

$\sqrt{09}$

他们找了个小桌坐下来，饶星用脚尖轻踢他：“先去点饮料，别白占人家的位置。”

路嘉翊蹙眉，饶星说：“我不走，就在这里等你。”他才放下包飞快跑去吧台点东西，前面排队的还有几个人，他时不时就要回头确认一眼饶星的位置。

饶星和他对视了一眼，忽然心里过电似的。

她仔仔细细回想过去十几年，忽然发现不管是小学、初中、高中还是大学，只要是她目光所至的地方，就一定能看见路嘉翊的身影——从来如此。

“我初一地理考了三十分是不是你告诉我妈的？”

“不是。是你自己卷子放校服里忘拿出来了。”

“以前有个小眼镜追我，和我做同桌之后忽然又不追了，是不是你搞的鬼？”

“小眼镜说没做同桌之前不知道你这么凶，他最怕母老虎了。”

“路嘉翊！你给他说了什么？”

“也没什么，就是一些你小学时为了我单挑班霸把人家门牙都打掉的事情。”

“高一我为了逃午间操躲到厕所的事也是你捅到主任那里的？”

“你为了逃午间操居然躲厕所里？不熏吗？”

……

咖啡厅的落地窗前，骄纵明艳的女孩儿撑着手臂喋喋不休地说着话，而坐她对面的男生始终带着笑，眼神一直落在她身上，似乎横跨过许多年。

那些校园里不可言明的悸动，始终在半个立方的单位里徘徊——希望你去见想见的人时，一路都是绿灯。

END

原来就是你

文/晓梦致幻生

拖延症晚期患者、小甜饼爱好者。

√01

“真的不能带我玩吗？”乔之远用真诚的目光望着睡在他下铺的兄弟冯旭航。

冯旭航冷不丁瞅见乔之远的眼睛，还真有点动容，怪不得有其他系的女生特意来蹭课偷看乔之远，这张脸的帅气程度足以让男生服气。

但对方打游戏的水平之烂，也让他服气。

他认真地对乔之远说：“别了，再带你，我会掉下王者。”

作为大三金融系学生，他们最近的生活十分闲适，既不用着急去找实习，又没有大一的晚自修，所以晚上的大把时间都奉献给了手游“王者荣耀”。

冯旭航自认水平不好不坏，目前王者十颗星，要不是因为和乔之远双排，他有自信可以上五十颗星。

乔之远的水平，一个字就可以形容——菜（差）。

很难理解一个专业课排名前三、运动会十项全能的校园明星式人物打游戏会这么烂。

但看在他对待游戏的态度还算真诚，又是自己的室友，冯旭航勉强将他从铂金带上了星耀。

也仅限于星耀。

因为在过去的一个星期里，他们已经连输十二把。简单来说，冯旭航已经带不动乔之远了。

“赛季快结束了，我真的好想上分。”冯旭航看着乔之远，发出了来自内心的呼喊，决定抛弃这个带不动的队友。

乔之远不想放过这个大腿，试图用给他带早午饭的方式打动他，但“分奴”冯旭航不为所动，一心只想上分。

没办法，乔之远只好开始了自立自强的单排之旅。

选英雄时辅助被抢，他只好打中路小乔，不想开局三分钟，他就已经死了两次。

对方在公屏问：对面小乔是机器人？

乔之远十分羞愧，忍不住发：不是机器人。

然后打字给队友：能不能……不要举报我……

毕竟只开局三分钟，队友安慰他：别慌，猥琐发育。

乔之远猜对方能那么温柔，是因为自己的 ID 叫“兔兔糖果罐”，有可能把自己当女生了。

这个游戏账号是乔之远买的，至于把 ID 改得像个女生的名字则是冯旭航的主意，他的原话是：“改个像妹妹的名字吧，免得被骂得太狠。”

这个主意确实不错，自从改了 ID，队友对他温柔了很多。

但电子竞技没有感情，十分钟后被对方推上高地的时候，先前温柔安慰他的队友在公屏发出：举报小乔。

然后，他们家水晶就炸了。

乔之远不敢再继续单排，刚好有同学给他发了个贴吧链接，说又有人在贴吧贴了他的偷拍照问他是谁。

乔之远不好意思细看，随意刷新了一下贴吧首页，便看到一则帖子——

寻找王者荣耀辅助，最好是女生，要听话。

√02

去贴吧找辅助是安迦南在刷抖音时突然产生的想法。

她在抖音“王者荣耀”的视频里看到，有个配合得好的辅助往往让游戏容易许多。

已经连续拿了八场败方 MVP 的安迦南觉得自己如果有个辅助，或许就不会继续一败涂地。

该找什么样的辅助呢？

首先，最好是他们学校的。同校学生的话，也算是知根知底，毕竟现在网络诈骗层出不穷，她不得不小心翼翼。

其次，最好是个女生，因为安迦南曾经找过男性游戏好友，对方打了三场后就要求加微信，加了微信后就希望看照片，安迦南只好把对方删掉，最后连游戏都不能一起打了。

至于游戏水平，倒是可以最后说，毕竟安迦南觉得她的大部分队友都像是在用脚打游戏。

既然想找校友，学校贴吧是个很好的选择。

帖子很快有人回复，一楼问：“楼主是野王吗？”二楼问：“楼主是妹子吗？”三楼说：“楼主不爆照吗？”

总之尽是些没用的……

安迦南上了两节课回来，看见自己的帖子已经沉到第五页，回复只多了三条，只有五楼问：“我可以吗？我只会辅助。”

她看了眼 ID——焦糖布丁 ye。

叫这名字，应该是个女生吧。她估摸着。

她私聊对方——

你打哪个区？

对面居然秒回：**安卓微信区。**

那可以，ID 叫什么，我加你。

兔兔糖果罐。

果然是个女生，安迦南安了心。

这会儿是晚上九点，要是对方晚上没课，应该刚好可以玩游戏，她又问：**现在可以玩吗？**

对方答：**可以的，我立刻上线。**

安迦南进游戏搜索对方的名字，很快就搜到了。对方的头像是个粉色的动漫美少女，常用英雄是“瑶”“蔡文姬”“孙膑”。

通过好友请求后，对方发来一个可爱的微笑表情，同时说：**哥哥，你是野王吗？你好厉害啊！**

安迦南安心地点了点头，看来确实是个妹妹。

√03

哥哥，你是野王吗？你好厉害啊！

打出这行字再点击发送的时候，乔之远不是没有犹豫的。

他会打这句话是因为先前看视频的时候发现好像很多女生都会这样说话，所以故意学了一下。

如果说名字取得可爱是迫不得已，那现在装女生绝对属于故意欺骗！他纠结许久，还是点击了发送，只是发送之后，脸不禁就是一热。

对方的名字叫“CANAAN”，头像是只美短猫，常用英雄是“李白”“百里玄策”“公孙离”，段位是王者十八星，看上去就很厉害。

对方并没有回复，而是直接开始了游戏。乔之远迈出了第一步，接下来心理包袱就小了很多，打字询问道：**哥哥，你想要什么辅助？**

对方抢了百里玄策，说：**选你擅长的辅助。**

乔之远思来想去，也不知道自己擅长什么，便问一边的冯旭航：“你说我什么辅助打得最好？”

冯旭航想都没想：“你没有打得好的辅助。”

乔之远无语凝噎，沉默几秒，勉强问：“相对来说。”

“那就蔡文姬吧。”

乔之远选了蔡文姬，这是个奶妈英雄，不容易出错。

十八分钟后，乔之远神色恍惚地看着自己 0-2-25 的数据，意识到自己抱到了大腿。

又过了二十五分钟，乔之远欣赏着自己银牌辅助的数据，看到对方发来文字：**我今天不玩了，明天这个点你玩吗？**

乔之远忙回：**玩的，你随时可以找我。**

发完，他又加了个可爱的表情。

对方没有回应，直接下线了。

√04

和兔兔糖果罐打了两天游戏后，安迦南确定了一件事，对方的星耀二一定是被人带上来的。

对方的游戏技术和意识都有问题，但也不是没有优点，优点就是确实十分听话，而且骂不还口。

当然，安迦南并没有骂过对方，只是兔兔糖果罐也不是每次都能拿到辅助，有一次不得不去玩法师的时候，她被队友大骂不会玩，她一声没吭，只在最后说了句“对不起”。

那把游戏自然是输了，毕竟队友最后为了骂人家也不守塔了，兔兔糖果罐接下来就不停地向她道歉，搞得不太喜欢与人交流的安迦南忍不住心生怜惜，回了句：别道歉了，没有关系的。

兔兔糖果罐回：哥哥对不起，我实在太坑了……

安迦南道：没关系，你跟着我就行。

大概是因为对方性格太软萌，安迦南莫名燃起了保护欲，接下来兔兔糖果罐只要在游戏里被骂，安迦南便会回一句：别说她，是我带的。

安迦南作为大多数时候都带飞的野王，队友通常会给她面子，便不再骂人，安静打游戏了。

安迦南也时不时告诉对方一些她总结的小技巧，时间长了，对方的错误也少犯了许多，再加上对方在游戏里无条件地跟着自己，安迦南的游戏体验确实舒服了很多。

半个月后，对方上了王者，安迦南看见对方在消息里发了一连串的“啊啊啊”，开心之情似乎要溢出屏幕。

我是第一次上王者。

太开心啦都是因为有哥哥！

哥哥，为了感谢你，我想送你些礼物，你不要拒绝，我放在教三一楼102最后一排的抽屉了，你记得去拿！

这么说完之后，对方就下线了。

安迦南无奈，只好在下次上课的时候顺便去了趟102教室，从最后一排中间的抽屉里拿出了一袋零食，塑料袋上还贴着一张粉色的便签，上面写着：**谢谢哥哥，哥哥最厉害！**后面还有一只简笔画的小猫。

很难形容此刻的心情。

安迦南觉得开心，又觉得不安，她拿着零食回到寝室，室友惊讶地说：“你居然买这么多零食！”

安迦南支支吾吾，不知道该怎么解释这件完全不符合她性格的事，又听室友说：“你为什么笑得这么开心？”

安迦南伸手按住了脸。

是吗？她笑得很开心？

√05

乔之远给对方送零食，完全是因为愧疚。

冯旭航发现他上王者后，十分肯定地说：“你找了代练。”

乔之远翻了个白眼：“没有，是我自己打上去的……当然，有野王带。”

冯旭航面露鄙夷：“居然有人愿意带你这个男的。”

乔之远顿时心虚，因为他知道，对方以为他是个女生，才会一直带他。

为了抱大腿，他尽心尽力地学着女生，百度搜索的前三个问题分别是“女生怎样说话比较可爱”“男生喜欢什么样的女生”“女生在打游戏时会说出什么样的话”。

现在他在装成女生说话这件事上已经驾轻就熟，简直有人格分裂的危险。比方说，今天学生会外联部部长找他说话，和他讨论运动会相关事宜时，他就差点喊出一句“哥哥”。

真是惊险。

周三就是运动会，因为参加了三个项目，再加上作为体育部部长的他有其他事要忙，乔之远为了准备活动两天没玩游戏。

CANAAN在游戏里问他为什么不玩，他如实回复，说是为了运动会，出于好奇又问：哥哥是哪个系的，参加比赛吗？

对方回：我运动白痴。

乔之远：怎么会？你游戏打得那么厉害，游戏也是运动啊。

他自认这话说得十分萌妹，简直毫无破绽，对方却不回了，直接开始了一局游戏。

他疑心自己说错了话，不过太忙就忘了这事，转眼就到了运动会的时候。

√06

安迦南怀疑自己喜欢上了兔兔糖果罐。

虽然她已经大三，却从来没有谈过恋爱，所以不清楚“喜欢”到底是什么感觉。但可以确定的是，她现在脑海中想到最多的人就是兔兔糖果罐，对方因为运动会两天没打游戏，她玩游戏的兴致都低了很多，可谓是对兔兔糖果罐魂牵梦萦。

她忍不住请求外援，以“我有个同学”开头，将这件事告诉了自己高中时代的闺蜜莫光雨，莫光雨立刻戳穿她的谎言，说：“你说的这个同学，就是你自己吧？”

安迦南嘴硬道：“……不是。”

莫光雨道：“行吧，听你这么说，你这个同学，好像是有点危险……”

安迦南忧虑：“不是吧，真的吗？”

莫光雨：“但是最危险的是，那妹子根本不喜欢你同学你懂吗？妹子以为和她打游戏的是野王哥哥，哥哥，你知道这个词代表着什么性别吧？”

安迦南心头一凉，顿时觉得天都昏暗了许多。

莫光雨又说：“但是隔着网线，是男是女全是谜，是人是畜都不好分。我劝你迷途知返，回头是岸，还是去看看现实的风景。”

安迦南：“啊？不、不是我……”她语气渐弱，难掩心虚。

莫光雨道：“我听说你们学校有个帅哥，我周三准备去你们学校看看，你愿不愿意陪我一起？”

安迦南莫名其妙地答应了莫光雨的邀请，于是在烈阳高照的周三，她汗流浃背地坐在观众席上，看起了其他系的比赛。

“就是他。”莫光雨指着赛道上的某个男生，“他是金融系的乔之远，知名帅哥，人称‘小杨洋’。”

安迦南被晒得神情恍惚："她也是金融系的。"她是说兔兔糖果罐。

莫光雨嘴角抽搐，认为安迦南已经无药可救，就自己走到赛道边，近距离观察帅哥去了。

安迦南环顾四周，见金融系女生众多，莺莺燕燕风格各异，每个人看起来都像兔兔糖果罐，她不禁有些退缩。忽然哨声一响，这群女生一窝蜂站起来，挥着手高声大喊："乔之远加油！乔之远加油！"

安迦南收回目光，一厢情愿地觉得，兔兔糖果罐绝不会给那个叫什么乔之远的加油，所以这里的女生应该都不是兔兔糖果罐。

她望向赛道，看见一个个子高挑的男生一骑绝尘，短发飞扬，姿态俊逸，她的脑子里竟然产生了一个想法——如果我是这样的男生，就不会有现在的烦恼了。

但她很快摇了摇脑袋，觉得自己大概正如闺蜜所说，脑子出了什么问题。

应该是因为太阳太烈。

她离开观众席，走到楼下一处背阴的地方，看见那地方有椅子有背包却没有人，便坐下来掏出手机，打开了游戏。游戏打到中途，突然听到喧闹声传来，一大群人居然朝着她的方向走了过来，她心里发慌，但是游戏正到关键处，她只好站起身让开位子，到角落继续打。

黑影从她身边一个个走过，她听见有人叫："乔之远，给你水。"

$\sqrt{07}$

因为手机里传来"王者荣耀"的声音，乔之远多看了两眼那个从他的位置上站起来的女生。

说来有点自恋，因为先前也碰到过坐在他位置上等他回来的女生，所以乔之远对这种情况并不算陌生。不过走近之后他觉得对方应该只是凑巧在这里休息而已，因为对方看着手机屏幕，一眼都没有看自己。

反而是他多看了两眼，那是个头发半长不短的女生，头低着看不清脸，但是手很漂亮，手指纤细修长，皮肤白皙，而且手速很快。

乔之远看过男生寝室里公认的游戏大神打游戏，认为这女生的手速和游戏大神比起来差不多。

走近之后，他听到游戏语音，发现对方打的是百里玄策。

他又忍不住去看对方，CANAAN 最喜欢打的打野就是百里玄策。

“那个妹妹在打王者荣耀。”冯旭航开口道，“我们要不要也打一把，反正离下一场还有很久。”

乔之远斜视冯旭航：“你又愿意跟我打了？”

冯旭航面不改色：“不打排位，打大乱斗。”

乔之远：“……哦。”

他打开游戏，瞥到好友列表，看见 CANAAN 在线，开局二十分钟。

他想了想，对冯旭航说：“你不想带我，我还不想跟你打呢，我自己打。”

他这么说着，对 CANAAN 发去了预约邀请。

$\sqrt{08}$

突然收到兔兔糖果罐的邀请，安迦南手一滑，冲进人堆，死了一次。

她趁此机会回复兔兔糖果罐，同意了预约，然后快速结束了这局。

这局结束后，她边往观众席走，边打字问：不是有比赛吗？

兔兔糖果罐：比完了，正在休息。

CANAAN：你比的什么？

兔兔糖果罐：一千米。

CANAAN：女生也跑一千米吗？

兔兔糖果罐：哦哦我说错了，是八百米。

CANAAN：哦。

安迦南找到了坐的位置，就开始了这一把，因为很久没有感受到辅助的贴心，她忍不住夸对方：你打得越来越好了。

兔兔糖果罐发了笑脸，回：只有哥哥会这么说。

安迦南看着“哥哥”两个字，心顿时又沉了下去，忍不住回：不要叫我哥哥了。

兔兔糖果罐疑惑：为什么，是我让哥哥生气了吗？

安迦南不知道该怎么说，她叹了口气，莫光雨刚好回来了，凑过来看了眼她的屏幕。

“你又在和那妹子打游戏啊？还我有一个同学，一听就是你自己好不好……你是不是太孤独了？你不会是在寝室被孤立了吧？”

安迦南不理她，回复兔兔糖果罐：没有生气，只是挺不好意思的。

兔兔糖果罐便回：那我叫你学长好吗？

安迦南犯难，不知如何回复。莫光雨看了眼聊天记录，嘟囔道：“这真的是个女的吗？怎么说话这么嗲？”

安迦南抬头反驳：“不是嗲，她只是可爱。”

莫光雨无语：“……你是直男吗？”

这时身后突然有人说话：“又是那个妹子耶，她还在玩。这么有缘，要不要去要个联系方式？”

一个男声回应：“你有病。”

安迦南不太好意思，但是她正在回兔兔糖果罐的消息，就没有挪位置，打字道：学长也有点……要不然，你就叫我N吧，或者阿南。

兔兔糖果罐很快回复：那你叫我兔兔。

身后最开始说话的男生又说：“你是在王者荣耀里聊天吗？这是个社交软件？”

莫光雨这时回头看了一眼，吃惊地在安迦南耳边道：“嚯，那不是乔之远嘛。”

因为莫光雨今天实在提了太多遍乔之远，安迦南也有些好奇，就回头看了眼。

她立刻被其中一个男生吸引了视线，对方像是校园小说里会出现的那种男主角，个高而体型匀称，短发被汗浸湿，稍显凌乱，但因为五官立体皮肤干净，仍显得清爽。

她一下子就确定，这个就是乔之远。

乔之远正拿着手机打字，莫光雨在安迦南耳边道：“是不是？帅哥的洗礼有没有让你忘记嗲里嗲气的妹妹？”

安迦南：“我说了，不是嗲。”

莫光雨：“你再让我看看，我觉得我看女生的眼光比你好。”

安迦南有点生气，站起来往操场外面走，莫光雨连忙道歉：“对不起，对不起嘛，我开玩笑的，阿南，等等我啦阿南。”

她们从乔之远和冯旭航身前走过，乔之远因为莫光雨的声音，呆了一下。

阿南？

这世上有这么巧的事吗?

鬼使神差地，乔之远在手机里问：**阿南，你现在在哪儿？**

CANAAN 回：**我在南边的大操场，这儿人很多，金融系就在这里比赛，你来了吗？**

乔之远立刻追了出去。

$\sqrt{09}$

安迦南是鼓足勇气打出这行字的。

她想要是兔兔糖果罐说在，她非得再去一趟金融系的观众席，看看里面哪个看起来最像兔兔糖果罐。没想到她没得到兔兔糖果罐的回应，身后却有人喊住她："同、同学！这位同学！"

她其实不知道这人是在喊她，还是莫光雨拉住了她，说："是在叫你啦。"

安迦南回过头，就看到乔之远那张能把人帅晕的脸，很是疑惑："为什么是在叫我？也可能是在叫你啊。"

莫光雨："不是啊，他看着你呢。"

乔之远果然看着她走了过来。

安迦南内心困惑，直到对方走到眼前，才用手指了指自己问："你……在叫我？"

或许是因为刚运动完，乔之远耳朵通红，他看着安迦南，低声问："同学……我……能不能认识一下你？"

莫光雨在一旁激动地捂住了嘴，这表情，简直像安迦南被求婚了一样。

安迦南："啊……我……我吗？"

第一次碰到这种事，她有种这个世界一定疯了的感觉。

乔之远耳朵上的红晕已经蔓延到了脸上，安迦南知道这或许不是因为运动热的，而是其他什么原因——比如说害羞。

可是自己有什么值得他害羞的？

乔之远道："对，我……我想认识一下你，我是金融系的乔之远，我可以知道你的名字吗？"

只是知道名字，也没什么大不了的吧？

可安迦南觉得自己的嘴巴好像被胶水黏住了，怎么也张不开，莫光雨替她回复了："她叫安迦南。"

乔之远喃喃自语："迦南……原来是这样。"

$\sqrt{10}$

CANAAN 是个女生！

得到对方的手机号码，在微信上进行搜索，发现对方的微信头像和昵称与游戏上一模一样后，这件事就百分百确定了。

主玩百里玄策和李白的野王是个看起来内向柔弱的计算机系女生，乔之远因为这件事，在寝室里诡异地笑了整整一天。

冯旭航忍不住问："你是不是鬼上身了？你到底在笑什么？"

乔之远道："你不懂。"

冯旭航："我怎么不懂，你是不是恋爱了？就是那天你追出去要电话的那个女生？"

乔之远正色道："我还没恋爱，因为我还没追到。"

冯旭航倒吸一口冷气：“怪不得人说爱情捉摸不透，校草居然玩起一见钟情。”

乔之远道：“虽然一见钟情也很好，但我是日久生情。”

乔之远没有过多解释，他这时才发现自己虽然在学校也算受欢迎，却从来没有追过女生，在这方面堪称一片空白。听说追求的第一步就是要把对方约出来，乔之远当即提出邀约，请她出去吃饭，结果遭遇滑铁卢。

“不了，我晚上准备打游戏。”

安迦南冷漠地拒绝了他。

晚上乔之远登录游戏，安迦南温柔地对他说：你不死就可以了，当然，死五六次问题也不大。

又霸气地对队友说：蔡文姬是我带的，别叨叨。

乔之远简直想立刻坦诚自己的身份，但是想到自己完全是在欺骗对方，就立刻心虚不已。

女神在游戏里对他温柔耐心，现实中却冷若冰霜，乔之远在冰火两重天中焦灼不已。

冯旭航幸灾乐祸地说：“没想到就算是你追人，也这么难。”

乔之远只好在教室里制造偶遇，尽管金融系的课和计算机系的课完全是两个世界。

不出半个月，整个学校都知道乔之远在追计算机系一个叫安迦南的女生。

这件事的结果是，安迦南更不爱搭理乔之远了，她简直是避着乔之远走，看见他就好像看见了什么洪水猛兽。

乔之远隐约感觉到自己做错了事，在游戏上试探着问：阿南，你是不是很低调的那种人，不喜欢出风头啊？

安迦南回得斩钉截铁：最讨厌出风头了！

乔之远发短信向安迦南道歉，说没想到事情会变成这样，作为赔罪，他买了一些零食，放在女寝楼下。

当天晚上零食被放回了男生寝楼下，安迦南只回复他两个字：不用。

与之形成鲜明对比的是，兔兔糖果罐又成功给安迦南送了一波零食，安迦南则给兔兔糖果罐送了一支口红。

一支口红！

这是完全相信自己是个女生了啊！

乔之远饱受煎熬，他在寝室里捧着那支口红坐在台灯前，一会儿笑一会儿叹气。

冯旭航在一边看到了，小心翼翼地问："这口红是你的？"

乔之远点点头，神情又变成了幸福的笑容："别人送我的。"

冯旭航目瞪口呆，久久说不出下一句话。

乔之远意识到不对劲，连忙说："不是我用的。"

冯旭航突然恍然大悟："是不是准备送给妹子？"

乔之远看了看冯旭航，又看了看手上的口红，突然一笑："对，我也应该送个口红什么的。"

冯旭航发愣："为什么是'也'？"

不过乔之远已经没心情管冯旭航的疑问了，他在网上随便搜索了一下，发现同一种口红差价极大，而且有各种各样看上去似乎一样又有些不一样的颜色。

他点开评论，看见有人说正品，结果下一条又有人说是假的，又有人问起色号如何，有人说好看，有人说“只有直男会送”。

大家众说纷纭，把乔之远看得头晕眼花，直到熄灯睡觉，他的眼前还飘着一张张试色照片，只是他越看越觉得这些颜色都一模一样。

晚上他做了个梦，梦见安迦南化身天使，身边飘浮着一圈口红，手上拿着百里玄策的钩子，一边甩一边问他：“到底哪支是色号21，哪支是色号18？限时三分钟做出回答。”

乔之远满头是汗，急忙问：“有提示吗？有提示吗？”

安迦南冷笑：“你骗我那么久，还想要提示？”

说着，一鞭子甩了过来。

乔之远猛地惊醒，发现原来是自己堆在床头的书掉下来一本砸在了自己的脸上。天刚蒙蒙亮，透过玻璃窗可以看见外面青灰色的天空，隐约可以看见橘黄色的晨光。

乔之远把砸在脸上的书放到一边，拿出枕头下面的手机，无意识点开了游戏。登录后他发现安迦南给他发了两条信息——

今天怎么没玩？

能不能……加个微信？这样就能随时知道今天能不能玩了。

乔之远的脸上当即流露出无法控制的灿烂笑容，但随即笑容收敛，变成了发愁。

他只有一个微信，性别男头像男，而且他已经用这个微信的手机号给安迦南发过短信了。要是再申请一个小号来骗安迦南，乔之远就更干不出来了。他现在已经焦头烂额，怎么能任由谎言的雪球越滚越大呢？

他满脸怅然，望向窗外，看见天光隐去，阴云密布，外头淅淅沥沥下起雨来。

要不……还是坦白吧?

$\sqrt{11}$

只要一下课，安迦南就点开游戏，看看兔兔糖果罐有没有回复她。

她每次看到自己发的信息，就十分不好意思，明明自己先前最烦的就是别人要加她的微信，怎么就忍不住问起对方了呢?

回想一下，当时她看对方一直不上线，心中难免焦虑起来。回过神时，消息已经发了出去，她也松了口气。

等加了微信，对方应该很快就会发现自己是个女生了吧……

想必也不会整天“哥哥哥哥”地叫自己，自己应该也不会那么心慌意乱了。

她过去几天仔细考虑了许久，觉得自己应该不是喜欢对方，只是她入戏太深，对对方情不自禁有了保护欲，才会如此错乱。

等对方知道自己是女生就好了。

安迦南如此想，结果一直到晚上两节课结束，兔兔糖果罐也没有回复她。

天突然下起雨来，他们被关在教学楼的大厅，安迦南正和室友商量着要不要披上衣服冒雨跑回寝室，突然身后有人叫她：“安迦南。”

这声音一出，室友就向安迦南投来暧昧的眼神，身边也开始有人起哄。安迦南耳朵发烫，低头假装没有听到。

乔之远却走近了，问：“你没带伞吗？我有伞，我送你回去吧。”

安迦南道：“不用，我和室友……”

她话还没说出口，室友们已经披着衣服冲进了雨中，还回头冲她招手："我们先走了，你慢慢来！"

安迦南：……

乔之远说："给你造成困扰，我挺抱歉的，我今天……就是有话想对你说。"

安迦南深吸一口气，能感觉到周遭人注视的目光。这么多天以来，那目光她已经很熟悉了，打出生以来，她还没有这么受关注过。

这种感觉一点都不好，她连带着对乔之远也有了一些意见。她自认自己过去和乔之远从来没有接触过，对方突然表现出对自己倾心，简直莫名其妙。

她甚至怀疑对方是不是和朋友在玩真心话大冒险，而自己就是那个目标。

这么说来，与其这样躲避下去，还不如直接说清楚来得好。

安迦南点了点头："嗯，我也有话对你说。"

两人撑着伞步入雨中，却沉默良久。

半晌，乔之远开口："早上的时候下过一阵子雨，我就猜今天估计还要下，就带了伞。"

安迦南"哦"了一声，乔之远又说："我其实没想给你造成困扰，只是想认识一下你。"

安迦南犹豫片刻，终于出声："你为什么想要认识我呢？"

乔之远嗓子发干："我们……其实早就认识了。"

安迦南看着他，因为自己十分确定不认识乔之远，于是疑心对方是要说什么土味情话，便直截了当道："我已经有喜欢的人了。"

乔之远顿时愣在了原地。

√12

乔之远也不知道自己是怎么回寝室的，总之回过神时，他已经趴在书桌上发呆，眼前是游戏界面。

他觉得自己头晕，鼻塞，手脚发冷，总之哪哪儿都不太舒服。

八点半的时候，安迦南上线了，邀请了他，乔之远进入游戏，选了瑶。

这把游戏他非常沉默，安迦南问：今天怎么了？话这么少。

乔之远不知道说什么。

他心里郁闷，哥哥什么的自然叫不出口，突然又觉得自己在这儿伪装成妹妹已经没有任何意义，安迦南原来有喜欢的人。

玩到第二把，他还是一言不发，安迦南明显担心起来：发生了什么事吗？心情不好？

乔之远终于忍不住回：你有喜欢的人了？

安迦南一愣，总感觉这个问题有点奇怪，就好像对方知道自己有喜欢的人一样。

可她明明从来没有跟兔兔糖果罐提起过啊。

——没有吧。

她这样回。

乔之远一怔，顿时振奋起来。鼻子也不塞了，头也不晕了，心头火热地想：原来是为了拒绝我，所以故意骗我的。

他振奋了一秒，突然恍然发觉，这也没什么可开心的，顿时又蔫下去，戳着屏幕发送：我有喜欢的人了。

他随即又发：可惜她不喜欢我。

安迦南莫名其妙冲向对面的高地，被塔打死了。

好半天，她回：**她？**

乔之远打字：**你打开语音。**

他此时头脑发热，大半是出于冲动，开麦道：“我是男的，我根本不是女的，对不起，我也不是故意骗你的，我，我是乔之远。”

他说完，看见安迦南并没有开语音，而是打字回：**我室友在边上，我没戴耳机，你说了什么？**

乔之远此时那股气已经泄了，也不知道该说什么：**也没什么……**

下一秒，他们的中单队友在公屏上说：**兄弟，你被骗了，瑶是男的！**

中单队友严肃道：**这种事，我必须得告诉你！**

乔之远：……

原来他一时情急之下开的是全队麦，所以所有队友都听见他说话了。

队友纷纷表示支持：**可耻！变态！举报你！**

只有安迦南一直不说话，这局游戏结束之后，她一直没开下一把。好半天，喇叭突然打开了，听筒里传来她低低的声音：“你是男的？”

乔之远道：“对……对不起。”

安迦南压低声音，语气却仍显得激动：“那你整天哥哥哥哥的！”她停顿，突然又说，“你怎么不惊讶我是女的？”

乔之远决定破罐子破摔，可他刚要说话，宿舍门突然被打开，冯旭航的大嗓门传入耳际：“乔之远，你在寝室啊，我还以为你还在外面呢。”

安迦南的声音带着迟疑和迷茫：“乔……之远？”

$\sqrt{13}$

“兔兔糖果罐是个男的。”

安迦南把这件事告诉了莫光雨，莫光雨竟然很快就接受了这件事，她说：“真正的女生都很难这么嗲里嗲气。”

过了一晚上，安迦南也接受了这个事实，她虽然还是很难接受在网络那边说着“哥哥好厉害”的萌妹子居然是个男大学生，但也大概知道，这种事可能不少。

不过她还是有点恍惚，吃中饭的时候，乔之远和她在食堂“偶遇”。乔之远立刻走过来，坐在她的身边，给她递了个苹果：“来，吃个餐后水果。”

安迦南瞥着他，乔之远道：“我真的很抱歉。”

安迦南低声问：“你什么时候知道我是女生的？”

乔之远道：“就是……那天在操场，你朋友不是叫你的名字，我要到了你手机号码吗？虽然你没通过我的好友请求，不过我看到了你的头像和名字。”

安迦南问：“你的头像和昵称为什么和微信上不一样？”

乔之远老实道：“那是我买的小号。”

安迦南冷笑：“故意装女生吗？”

乔之远卖惨：“我实在是没办法了。”

安迦南斜眼瞧他：“就是你这种人拉低了我们女生的平均水平。”

乔之远不反驳，只目光诚恳地望着安迦南。

安迦南看见那抖动的纤长睫毛映在明亮的眼眸之上，像是一汪清泉中摇晃的水草，突然心中一颤，连忙低头继续吃饭。

乔之远问：“你还可以继续带我打游戏吗？”

安迦南回：“我当初发帖时说了，我要女生。”

乔之远拍着胸脯：“我难道不是比女生还女生吗？”

安迦南差点被饭噎住，好半天道：“你还挺自豪。”

乔之远露出灿烂的笑容。

晚上，乔之远果然邀请她打游戏，这一次他们直接开麦聊天。安迦南被乔之远坑死，忍不住骂乔之远“太笨”，乔之远委屈道：“你过去从来不骂我。”

安迦南无语：“以前你是个可爱的萌妹子。”

乔之远掐起嗓子：“现在我也可以啊，哥哥，不要骂人家了。”

安迦南关闭了喇叭。

乔之远连忙道：别关别关，我不说话了还不行吗？

安迦南又打开喇叭，她不说话，嘴角却忍不住翘起，笑了起来。

也许，有个这样的辅助跟着自己也不错……

END

重回母校任职是什么体验

文/清秋桂子

热衷脑补，
止于动笔，
提笔就废。

01

谢芝兰第一天上班，她看着熟悉的教学楼和操场，心中感慨万千。

教导主任带她去办公室的时候说："致远楼在装修，老师们的办公室暂时都搬到了三楼小会议室里，我先带你过去熟悉一下环境。"

门一推开，里面满满当当十几张桌子排开，谢芝兰抬眼扫视了一圈屋子里的老师，顿时有种被命运扼住喉咙的窒息感。

至少有三分之一的人都教过她！

一个地中海发型，身材发福的老师端着茶杯慢悠悠晃过："哟，这看着眼熟啊，我记得你好像是那个，哪个班来着？"

"刘老师好，我是K307班谢芝兰。"谢芝兰接过话。

"哦，对对，怎么一大早就过来看望老师？这么客气。"刘老师笑呵呵地说。

"什么呀，小谢是新来的历史老师。"教导主任走了进去介绍她，"谢芝兰老师原来是我们学校的学生，现在回母校任职，这就是缘分，大家欢迎。"

谢芝兰看见满屋子的老师鼓起掌来，一大帮她上学期间的任课老师盯着她，她嘴角笑得都快抽搐了。

最后她被分到了角落里的一张空桌子前，对面桌的老师人不在，桌上放着三角板和圆规，看样子是教数学的。

谢芝兰平复了一下心情，准备开始看学校给她的安排表。

“谢芝兰？”

谢芝兰抬起头，然后打了个激灵，她条件反射般地站了起来：“俞、俞老师好。”

面前这个瘦瘦高高戴着眼镜的青年正是谢芝兰学生时代的班主任。

“不错啊，回母校任教，初心不改。”俞景打趣道，然后他在谢芝兰的注视下坐到了对面的空桌前。

谢芝兰起初的那点激动在此刻化为了惊悚！

♡+♡=02

整个上午谢芝兰都有种学生时代在老师办公室做题的感觉，直到中午她才缓了口气。

她的桌子被敲了敲，抬头一看是俞景的脸，谢芝兰下意识想把刚拿出来的手机收回去。

俞景觉得有点好笑：“小谢老师，我还没那个权力收任课老师的手机，你用不着担心。”

“呵……呵，俞老师什么事？”谢芝兰露出一个尴尬而不失礼貌的微笑。

“该去吃饭了。”俞景提醒她。

谢芝兰这才发现办公室里的老师基本都走光了，她赶忙说：“俞老师您先走，我等会儿就去。”

“教师食堂换地方了，我带你过去。”

谢芝兰没办法，只能慢吞吞地跟了上去。俞景没走几步就停下来转过头对她说：“谢芝兰，我提醒你一下，你现在是一名教师，不是被我抓住的犯了错的学生，抬头挺胸，自信一点。”他说罢皱了皱眉，“怎么读完大学没见长进，还这么畏畏缩缩。”

谢芝兰：……

“俞老师对我印象还挺深的哈。”

俞景瞥了她一眼，漫不经心地说：“毕竟你是我带过的学生里唯一一个同一题型能连错十三遍还不重样的，很难不让人印象深刻。”

谢芝兰：……我还是选择闭嘴吧。

谢芝兰起初并不想报三中的，但耐不住她妈在耳边一个劲念叨，三中多好啊，环境熟悉，离家也不远，你要是去了其他学校被人排挤怎么办？在自己学校至少不用担心同事关系啊。当然，最主要的是三中身为母校对自家毕业的学生有优待政策。

不过选择了母校有一个无法忽视的弊端，她的同事都是她青春的见证人，一手掌握了她青春期所有的黑历史和八卦。谢芝兰觉得她大概是脑子缺根筋，不然为什么选这个学校，给自己找不痛快。

♡+♡=03

第一次见到俞景是在分班后新教室的讲台上，俞景那时大学才刚刚毕业，往讲台上一站，嫩得跟葱一样，看上去比他们大不了多少。

谢芝兰听见后排的女生兴奋地议论，新班主任还挺帅的。

当时谢芝兰的关注点不在俞景长得怎么样，她脑子里只剩下了一件事，为什么文科班的班主任会是数学老师！

大部分文科生都有过和数学相爱相杀的经历，但对于谢芝兰而言，她与数学的关系只有相杀没有相爱，连带着对数学老师这个群体都有种莫名的惧怕，当得知数学老师就是班主任后，她都快精神崩溃了。

数学，是她心口的一块疤，是她千方百计选了文科也躲不掉的劫。

原本他们班的班主任是个教龄比较长的语文老师，只是那位老师不巧摔断了腿，于是学校情急之下就把俞景推了上来替任。

家长对这个初出茅庐的班主任很不满，联名要求换班主任，结果家长会开完，个个面带春风地走出教室。

“妈，家长会怎么说？”谢芝兰凑到她妈跟前打听。

“我看你们这个俞老师靠谱，说话挺有条理，人也沉稳可靠，而且你们这个老师可不得了，X大毕业的高才生呢。”

“X大？”谢芝兰吓了一跳，这所全国人民都知道的顶尖大学毕业生居然会来他们这个小地方任教，她完全有理由怀疑，这个老师单纯是靠学历征服了家长。

“你要好好学习，看看你那数学都烂成什么样子了！没事多问问老师，你们俞老师挺负责的，不要跟以前一样闷声闷气，你还不抓紧看你高三怎么办……”谢芝兰又被她妈耳提面命教育了一通。

谢芝兰心想既然已经改变不了数学老师当班主任的事实，那就只能把希望寄托在这位老师的脾气上了，大部分新老师还是很平易近人的。

可惜她这点期盼碎成了渣，不到两个月，俞景荣获了他教学生涯的第一个称号——“俞阎王”。

♡+♡=04

抛开那些年少无知不说，谢芝兰觉得她妈至少有一件事说对了，同事氛围的确很和谐。

谢芝兰上了班才知道原来老师私底下有各种各样的小习惯，比如办公室里秃顶发福的生物老师最热衷钻研美容养颜茶，配方深受其他女老师的喜爱。

地理老师改作业时喜欢唱京剧，边改边哼哼，重点是化学老师居然还能跟他接上，这两人一个坐北边一个坐南边，那边一句：“提起了旁人我不晓，那苏龙、魏虎是内亲。你我同把相府进，三人对面你就说分明。”这边就接上：“他三人与我有仇恨，咬定牙关他就不认承。”

谢芝兰第一次见这场面差点以为在开票友会，两人愣是你一句我一句把《武家坡》给唱完了。反观办公室里其他老师，似乎早就习惯了。语文老师还点评了几句：“张老师今天这段唱得不错，王宝钏骂得够痛快。”

至于俞景，谢芝兰微微抬起眼，找了个不经意的角度偷偷看了一眼。

俞景还和以前一样，坐姿永远板板正正，万年不变的衬衫，只解开一粒扣子，戴着款式单调的细框眼镜一丝不苟地看监控。

没错，俞景在办公室里的日常就是看监控——这曾让他们整个K307班都深恶痛绝。

俞景不愧是学霸，他们班一度怀疑他大学是不是选修过心理学，抓人一抓一个准。那时班上流传俞景的眼镜自带X光，不管你上课在干什么，只要没听课他通通揪得出来。

俞景这个行为给班上的女生一个特大的打击，她同桌还哀怨地说了一句："怎么好好的一个气质男神有这癖好。"那语气无异于发现一个玉树临风的大帅哥本质其实是个抠脚大汉一样。

她同桌大概是脑补了俞景极其猥琐地躲在监控后面一个个偷窥他们的画面。

身为班上数学常年倒数第一，经常被请到办公室开小灶的谢芝兰其实很想告诉她，就算是看监控，俞景依旧端端正正坐着，神情专注，甚至会给人一种他在专心做研究的感觉。

"谢老师。"俞景忽然看向了她。

还在发愣的谢芝兰没有准备，吓了一跳，正对上俞景平静无波的双眼："啊？俞老师，什么事？"

"376班的课堂纪律有没有问题？"

376班是俞景带的班，这个班的历史是她在教，她赶紧回过神："还可以。"

"是吗？我看上课的时候他们闹腾得挺欢。"俞景说。

"我觉得课堂气氛活跃一点也不是什么坏事。"迎着俞景的目光，谢芝兰莫名有点紧张。

“我就怕他们太活跃了。”俞景的镜片仿佛折射着看透一切的光。

还没等谢芝兰说什么，俞景这边有学生抱着作业本过来交作业，他们的对话被打断了。

“如果课堂纪律有问题，记得及时跟我反馈，我来解决。”俞景收拾好课件准备去上课，临走前对她说。

♡+♡=05

K376 班确实像俞景说的那样不太安分，谢芝兰一直觉得青春期少年叛逆是很正常的一件事，宜疏不宜堵，她希望自己能成为一个有亲和力能真正走进学生内心的老师。

K376 班有个不错的学生，就是有点刺头，谢芝兰上课风格规规矩矩按部就班，那个学生历史学得不错，上课经常提一些角度比较偏的问题。

历史这门课细说起来容易带上主观想法，他们这个年纪正是喜欢天马行空的时候，有不同看法也很正常。谢芝兰不好总和他深度讨论，毕竟一班人都在听课，跑题跑偏了完不成教学任务。

在那个学生看来，谢芝兰就是敷衍了事，进而让他觉得这老师水平不行，言语之中经常有些隐隐看不起她的意味。

谢芝兰布置的功课他也不太上心，找他谈了几次话都没什么用。

俞景问了几次，谢芝兰都没有说出这件事，她不知是不想让学生觉得自己给班主任打小报告，还是不想让俞景觉得她能力欠缺，谢芝兰觉得自己能解决这件事。

事态是在谢芝兰讲到明清君主专制的时候爆发的，讲到胡惟庸案时，那个学生又开始了。

“老师，我觉得胡惟庸是被冤杀的。”

“这个观点也有史学家分析过，不管这件案子背后真相如何，这件事直接导致了丞相制度被废。”

“谢老师，这个事件意义重大，我觉得您可以详细分析一下。”

“历史意义确实很重大，要详细分析比较复杂。胡惟庸案是洪武四大案之一，胡惟庸此人众说纷纭，但是这个案件体现得是相权的终结和君主权力的集中。”

谢芝兰费尽心思把话题拉回君主集权，然而他的问题一个接一个。

“老师，胡惟庸原本只是个小角色，朱元璋这种铁血手腕的人能容忍他横断专权本身就不可思议，这根本就是有意的捧杀……

“胡惟庸的罪名里有毒死刘基，他就算毒死刘基也不会是主犯……

“还有云奇这个人究竟是不是真的存在，胡惟庸也不至于傻到谋反还让人看见刀兵……”

谢芝兰脑袋都大了，她算是切身体会到那句“老师名言”：你这么能讲，那你上来讲啊。

“周越诚你是胡惟庸转世准备给自己翻案吗？”俞景不知什么时候站在了教室门口。

谢芝兰抬眼看到俞景出现的那一刻吓了一跳，俞景什么时候来的？紧接着她想，完了，她无法招架的样子全被看到了，那一瞬间谢芝兰平白生出一种无地自容的感觉。

“你就是这样扰乱课堂纪律的，你当历史老师是给你们说书的吗？中华上下五千年，就是给你说整整三年也说不完，你是做好留级准备了还是怎么着？”

“没有，谢老师这里讲得太快了，没仔细说清楚。”周越诚为自己辩解。

“那你的意思是我上课给你们讲函数还得把每个函数的概念从无到有的发展历程讲一遍？怎么数学课就没见你对格奥尔格·康托尔和莱昂哈德·欧拉他们这么感兴趣？你要愿意，我明天上课就讲讲他们的生平。”

全班发出一阵哄笑，周越诚脸都涨红了，还想争辩：“解答疑惑本来就是老师的职责，再说我问的又不是什么题外话。”

“你们无非是欺负谢老师年轻性子软罢了。周越诚，你可以质疑谢老师教学经验不足，但你最好别质疑她的专业知识水平。”俞景冷哼了一声，“你既然这么好学，我给你个机会，明天晚自习下课之后，关于胡惟庸案你跟谢老师辩论一场，你有什么问题尽管问，现在都给我老老实实上课。”

毫无心理准备被点名的谢芝兰立刻清醒过来：什么？

怎么俞景猝不及防就替她下了个战书？！

♡+♡=06

下了课谢芝兰匆匆找到俞景：“俞老师，明天晚自习是怎么一回事？你不能擅自就替我做决定啊。”

俞景深深地看了她一眼：“谢芝兰，虽然你已经毕业了，但也没必要划分得这么清楚。有困难你可以尝试向我寻求帮助，不管怎么说我曾经教过你，于情于理，你都可以选择倚靠我。”

谢芝兰噎住了，一下子不知道该说什么好。

“你对学生亲切友好这没什么错，但你要端正你的立场。你是一名老师，一味采取柔和的方式不是适用于每个学生的。你找周越诚谈过了吧，有什么作用吗？他现在是过于傲气，你不灭一灭他的傲气他就会越来越狂妄。所谓因材施教，不同的学生用不同的方法，该强硬就得强硬。”

“俞老师，话是这么说。”谢芝兰嗫嚅道，“我和你不一样的，我没有你那么厉害。”俞景当年可是有过辅导他们全科这种逆天操作的人，谢芝兰可不敢夸口自己什么都知道。

“你怎么不行，你大学白读了？”俞景看她这样有点恨铁不成钢，“你当年历史考过 145，还真能比他差？”

谢芝兰憋了好一会儿，才弱弱地说：“俞老师你还记得我以前的分数啊。”

俞景觉得谢芝兰可真会抓重点：“能不记得吗，那次你历史全年级第一，你们历史老师笑得合不拢嘴，还请同办公室的人吃了一顿饭，我沾你的光也在其中。”他停顿了一下很认真地说，“我想告诉你的是，谢芝兰你很优秀，并不比任何人差，所以你可以自信一些。”谢芝兰花了好几秒才努力克制住自己奋力上扬的嘴角：“我知道了，俞老师我不会让你失望的。”

“所以你打算怎么做？”

“嗯……把这一块知识点好好复习一下，我回去就把我笔记都翻出来。”

“你以为你是要去开研讨会吗？”

“那我该怎么办？”谢芝兰不明白。

“今天放学后等我，我教你怎么应付。”

俞景的话给了她极大的安慰，有俞景这层保障在，谢芝兰一下子就觉得踏实了。

谁知放学后，俞景结结实实给她上了一节如何快速掌握辩论技巧的课：“你面对的学生他的学识基本是不如你的，但是你任由他随便提问，你就很容易失去控制权。说白了就是，他跟你抬杠，你要如何杠赢他……”

谢芝兰觉得当年他们的猜测可能不太完全，俞景不止学过心理学，他还参加过辩论队啊，她就从没见过哪个老师会对如何跟学生抬杠进行过这么深度的钻研。

♡+♡=07

当俞景在晚自习下课后宣布除了周越诚其他人都可以走了之后，全班依旧齐刷刷地坐在位置上，眼里闪烁着“吃瓜”的热情。

谢芝兰顶着几十双“吃瓜”的眼睛上了讲台，她毕业答辩的时候都没这么紧张。按照俞景的说法，她此刻面对的不是一个跟她讨论学术的老师，而是一名青春期控制不住自己兴趣爱好的辩手。

俞景站在教室后面静静地看着谢芝兰上台，刚开始她还有点紧张，但是一旦涉及自己的领域，她就立刻进入状态，有条不紊，旁征博引，看起来整个人都是神采飞扬的。

俞景对于谢芝兰的印象一直是那个在办公室里乖乖地写错题的小

孩，谢芝兰的数学差得让他头痛，她总是温温吞吞不说话，很难让人注意到她的存在。

谢芝兰对他有好感，俞景是知道的，每次在办公室做题的时候，谢芝兰总是自以为不经意地偷看他。和其他人不同，谢芝兰隐藏得很好，殊不知在当事人看来，她那点小伎俩太过明显。少女懵懂的心事他不会去戳破，那不过是雏鸟的孺慕之情罢了，这些孩子长大后见过更宽广的世界便会明白年少的情怀不过是一场梦。

可让他意想不到的是，谢芝兰成了他的同事，她眼里的那份炙热依旧没有消失。俞景坐在她对面能非常直观地感觉到那道目光如影随形。

和当初不同的是那个小姑娘已经长大了，她开始有了担当，并走上了和自己一样的道路。成为一名老师并不容易，谢芝兰每天认认真真备课，花费大量时间在准备课件和辅导学生上，像极了他当年的样子。

他站在教室后门听过好几堂谢芝兰的课，她在非常认真地成为一名老师。

俞景想起当初毕业，大家在肆意谈论着自己的梦想和未来时，他认真聆听了每一个学生的想法。谢芝兰告诉他说，她希望自己也能成为一名老师，就像他一样。

俞景不禁哑然失笑，原来他真的成了某个人心里的一道白月光。

周越诚是有点水平，两人有来有往地讨论了十多分钟，谢芝兰一一作答。但他年纪到底还小，阅历不足，问的问题跨度够大，到了后面显然已经没有什么条理了。

谢芝兰深刻体会到俞景教的技巧有多重要了，后面的时间她感觉自己就是在跟一个“杠精”说话，这如果不是她的学生，谢芝兰真的想闭眼丢一句：是的，没错，你说得都对！

到了快熄灯的时候俞景才叫停，班里的学生都走完了，周越诚站在原地一言不发，看起来竟有点委屈。谢芝兰想这大概就是那种我虽然不认同你但又拿你没办法的感觉。她叹了口气，她一个老师跟学生较什么劲，于是态度软和下来劝他回去早点休息。

周越诚低着头就冲出了教室。

谢芝兰看着空无一人的教室，总算松了口气。

“走吧，谢老师。”俞景站在门边望着她，“辛苦了，讲得很棒。”

俞景的眼里此时盛满了笑意，谢芝兰的心没由来跳动了起来。她有些不自在地避开俞景的视线：“多亏俞老师教得好。”

教学楼已经空荡荡，走廊上一片静谧，只能听见他们两人的脚步声。出了教学楼，俞景忽然开口：“要不要去操场散散步？”

“好……好啊。”谢芝兰不知道为什么俞景会提出这样的建议。

“喝什么？”俞景走到教学楼边上的自动贩卖机旁问他。

“我都可以。”谢芝兰听见清脆的硬币声响起，然后滚出两罐汽水。

他们两人在操场慢悠悠地走，有一句没一句地闲聊：“想当好一名老师可真不容易啊。”谢芝兰灌了一口冰汽水长长舒了一口气，“我算是体会到俞老师你当年有多不容易了。”

“你已经做得很好了，有时候你可以大胆一点，不要有太多顾虑，想做什么就去做。”

“我会尽力的。”谢芝兰当俞景在鼓励她。

“我说的不只是工作。”俞景转向她，目光深邃得有些意味不明，“有些事你可以勇敢点去尝试一下，结果或许并没有你想得那么糟糕。”

不知是不是夜晚太过安静的缘故，谢芝兰觉得在这种环境下和俞景对视她心脏有点承受不住。俞景的目光太过专注了，他的眼睛里只剩下她一个人，她盯着那双凝视着她的眼睛，一瞬间忘记了思考。

“我……”谢芝兰不受控制地张开了嘴，实际上她并不知道自己要说什么。

一道手电光从他们身边晃过，谢芝兰下意识闭眼，她没有看见俞景脸上可惜的表情。

“这么晚了谁在那儿？！”巡视的保安大喊了一声。

“原来是俞老师啊。”保安认出了俞景，“我还以为是哪对小情侣偷偷溜出来谈恋爱呢。”

谢芝兰的脸噌的一下红了，她猛地反应过来刚刚的气氛有多不对劲。俞景若有若无地扫了她一眼，语气竟带上几分笑意：“谢老师遇到了点小问题，我开导开导她。”

“原来是这样，我当又有学生偷跑出来了。现在的年轻人啊，不好好学习，小小年纪天天想着怎么谈恋爱……”

谢芝兰窘得只想找个地缝钻进去。

♡+♡=08

过了三天，午休时谢芝兰一个人在办公室看课件的时，发现周越诚在办公室门口探头探脑。

“周越诚，怎么了？”谢芝兰问他，“你有什么事吗？”

周越诚像是鼓起勇气，有点扭扭捏捏地走进来：“谢老师，对不起！我之前不太懂事，希望你能原谅我。”

谢芝兰一愣，随后笑了：“没什么，老师接受你的道歉。善于思考是好事，就是希望你以后能顾及一下班上其他同学，课本上的知识就算你都知道了，也要想想其他人有没有不明白的。你以后有什么想探讨的问题可以事先用本子写下来，老师有空就跟你讨论，我一定知无不言。”

话说开了，气氛也就轻松起来。

“那个，谢老师，还有一件事能不能麻烦你一下？”周越诚有点不好意思，“你能跟俞老师说我知道错了吗？我不太敢跟他说。”

“等等，你不会是迫于俞老师的压力才来给我道歉的吧？”谢芝兰顿时心情复杂。

“不不不，我是真心实意要跟老师道歉的，和俞老师没关系。”周越诚赶忙解释，“我就是觉得这事也要给俞老师一个交代。”

“觉悟很高，作为过来人给你们一个忠告，惹了我倒没什么，千万不要想不开去招惹你们俞老师。”谢芝兰神秘地说，“你们俞老师可是三中‘四煞’之首，人送外号‘俞阎王’，就连教导主任都要让他三分。不管是什么样的学生，到了他手底下没有一个不服服帖帖，为了你们往后的日子，建议你们还是听话一点，不要给你们俞老师惹事。”

“俞老师这么狠的吗？”周越诚被她绘声绘色的描述震惊到了。

“何止啊，你们俞老师实力可是号称三中最强，他一个人就能给你们辅导所有科目。万一他心血来潮，甚至可以给你们上一整天的课，学科切换自如不带停顿，保证让你见识到大佬的风采。”谢芝兰觉得自己特像那种跟人吹嘘自己老师多牛皮的小学生一样。

周越诚已经被震惊到目瞪口呆了。

牛吹完了，距离也拉近了，谢芝兰眼看气氛合适，赶紧问：“你能跟老师说说班里的同学对我是什么看法吗？或者有什么希望我改进的地方？”

周越诚想了想：“其实大家都还挺喜欢老师你的，也没什么特别的看法。”

“那老师也太没存在感了。”谢芝兰故作伤心地说，“随便说点什么都没关系，比如开开玩笑这些都可以，放心，老师绝不会生气。”

“嗯，有时候会议论老师你有些口头禅什么的，习惯语重复比较多。”周越诚迟疑了一下，“还有，就是觉得老师你的名字有点土，听起来像四五十岁的人，然后背地里会起些外号。”

“你们觉得土那是因为你们没文化。”俞景迈入办公室大门，“相对窦桂椿，环列谢芝兰。芝兰玉树这个典故你没学过？”

谢芝兰顿时感觉空气尴尬得都要凝固起来了，俞景是什么时候来的？他中午不是都不回办公室的吗！

接着就见俞景径直走到对面坐下，谢芝兰感觉周越诚这会应该想原地爆炸，偏偏俞景还看了他们一眼：“没事，你们继续。”

周越诚可怜巴巴地向她求助，谢芝兰轻咳了一声，努力维持自己身为一个人民教师的稳重形象：“周越诚你先回去吧，这周的卷子记得做，别忘了把之前没交的作业补齐。”

周越诚如蒙大赦赶紧撤离。

谢芝兰转过头看着俞景面无表情地翻教案，她心里一边打鼓一边小心翼翼地问："俞老师，您是什么时候来的？"

"从你说我是三中'四煞'之首的时候。"俞景垂着眼，隔着眼镜看不清他眼里的情绪，"我还不知道原来我在谢老师这里评价这么高，不过我的名声就不劳谢老师宣扬了。"

谢芝兰此时只想找块豆腐撞死。

"俞老师对不起！"谢芝兰猛地一低头，"我知道错了，再也不敢了！"

"没事，我不是那么小肚鸡肠的人，谢老师不必放在心上。"俞景的语气过于平静，以至于谢芝兰都不知道他是真的不在意还是生气了。如果谢芝兰仔细一点的话，会发现俞景此时在强忍笑意。

♡+♡=09

谢芝兰搜肠刮肚开始试图缓解尴尬："关于我的名字，谢谢俞老师的解释。"

相对窦桂椿，环列谢芝兰。这句词不是第一次从俞景口中说出来了，谢芝兰也是因为俞景才知道这句词。

"其实我的名字没有那么深的内涵，我爷爷起的，我有个姐姐叫谢芝梅，还有个妹妹叫谢芝菊，听起来是挺土，不过我还算好的了。"谢芝兰小时候在乡下读书，没觉得有什么问题，后来跟她爸妈转到城里，和周围的孩子一比，她的名字确实显得有点土气。

她那时刚刚融入一个新环境，敏感又自卑。初中教务处主任是个四十多岁凶巴巴的女人，和她名字很像，小孩子大都喜欢揪着些表象卖弄些无聊的玩笑，她的名字因此被贴上了一个老气横秋的标签，被人肆意嘲笑。

谢芝兰逐渐变得胆怯懦弱，上了高中她的情况并没有改善太多，毕竟这个城市不算大，和她上同一所高中的大有人在，于是这个标签又跟随她到了高中。高一学完《孔雀东南飞》，班上有人开玩笑，一口一个谢兰芝，又是此妇无礼节，又是举身赴清池，甚至到了高二的时候还有人这么叫。

俞景在晚自习上课前进教室听见学生的哄笑，他当时只是淡淡地说了一句："谢芝兰这名字取得不错，相对窦桂椿，环列谢芝兰。寓意挺美好。"

俞景说的话还是有些分量，很大程度上冲淡了这个她认为根本就不好笑的玩笑给自己带来的伤害。

只是简单的一句话，谢芝兰却犹如拨云见日，刹那间觉得这个名字的格调被拔高了一大截，连带着她的腰板都不自觉直了起来。

后来谢芝兰猜想，也许她对俞景的崇拜是始于对那一次解围的感激。谢芝兰在俞景的办公室里写了将近一个学期的错题，她偷偷观察着俞景的一举一动。虽然表面上他嘴毒了一点，但内里是个很温柔的人。无论遇到什么样的学生，俞景从没真正发过火，实际上他非常有耐心，他尊重每一个学生，会用细微的举动维护着他们的自尊。

谢芝兰毕业那天决定，她也要成为像俞景这样的人。

"我一直觉得名字的意义都是人赋予的，只要你愿意，多美好的寓意都能往上加，就看你会不会解释了。"俞景抽了本教材，打开后唰唰勾了几笔，"我的名字一开始取得很随意，我妈妈是学画画的，起名那会儿她正思考构图，随口就说了一句那就画景吧，结果我就叫了俞画景。

“我小时候为了显得与众不同，就把所有能跟我名字沾得上边的诗词典故都找了一遍。后来逢人我就说我的名字取自：‘一线添宫绣，画景刻初还’。周围其他小孩的家长都会夸我的名字有内涵，所以没事多读点书。”

谢芝兰没想到还听到这么一段过往，果然学霸就是学霸，从小思维就和别人不一样：“那后面为什么又改了名字？”

“我爷爷奶奶平常说家乡话，嫌这名字拗口，让我爸爸把中间的画字去掉了。”俞景解释得轻描淡写。

一线添宫绣，画景刻初还。谢芝兰在心里默念了一遍，然后脸突然红了，因为俞景，这首水调歌头她早就背得滚瓜烂熟。

五云旬浃不散，瑞色满乾坤。凝作山堂佳气，来庆冰壶寿旦，戏彩喜重斑。相对窦桂椿，环列谢芝兰。

四舍五入，这就表示她的名字能跟俞景凑一对！

一想到这个，谢芝兰心情就有点荡漾。她控制不住地偷瞄俞景。俞景这会儿在整理桌面，他的袖子挽到手肘，动作间有种行云流水的感觉，他的手指干干净净，指尖修剪得格外整洁。谢芝兰莫名觉得自己快要变成手控了。

“谢芝兰，我说过了你可以再大胆一点，想看就大大方方地看，不用这么偷偷摸摸瞄我。”俞景突然叹了口气，站起身来，“山不就我，我只能去就山了。”

完了，谢芝兰听到这句话后近乎绝望地心底一沉，她的秘密被俞景发现了。不知怎么回事，她脑子里晃过一个惊悚的念头，俞景会不会当即丢一套数学试卷给她，然后高冷地说，觊觎我，你先把这套题做了。

然而等她一抬头，却发现俞景上半身已经越过办公桌靠了过来，这个距离近得简直就像要亲上来一样。

谢芝兰脑子一片混乱，她吓坏了。她猛地推了他一把："俞老师，如果冒犯了你我真的很抱歉！我已经有男朋友了！"

她下意识就想掩盖她那骤然间被暴露出来的不为人知的心思，于是她惊慌失措地找了一个烂得不能再烂的理由。

俞景的脸色已经黑了下去。

谢芝兰撇过脸，她差点就要哭出来了。

♡+♡=10

那之后，谢芝兰再也不敢在办公室偷看俞景了，仿佛瞥一眼都是逾矩。俞景还是和平时一样，只是和她之间生分了许多，交谈更倾向于公事公办。

谢芝兰心里难受得要死，她根本就没有设想过她跟俞景在一起的可能，俞景主动的时候她第一反应就是害怕，秘密被揭开的恐惧以及她和俞景之间的平衡被打破后的无所适从。

她悄无声息地站在教室后门透过窗户注视着俞景，他正在黑板上板书。俞景的粉笔字写得很好看，他画图也厉害，能以小拇指为轴单手画出一个完整的圆，那时班上很多人模仿他的画法，但谁也没有他画的完美。

“谢老师怎么站在这儿？”英语老师路过瞧见了她，“这是看俞老师上课呢？

“哦，俞老师课上得挺好，我多观摩观摩。”谢芝兰解释。

“不愧是师生，还真是心有灵犀，俞老师也总是站在外面看你上课，想必俞老师传授了不少经验吧。”英语老师笑着说，“谢老师这么勤奋，进步一定飞快啊。”

谢芝兰愣了一下，俞景经常会看她上课吗？

她再次望向讲台上的俞景时，发现俞景往外看了一眼，大概发现了她的存在，谢芝兰不敢停留，匆匆走了。

临近元旦，寂静已久的高中班级群忽然活跃了起来，班长说要不大家组织一次同学聚会吧。

谢芝兰倒没太大感觉，只是她们寝室一个出了国的妹子最近回来了，寝室几个人喊着一定要聚一聚，于是都报了名。

过了两天，班长突然兴奋地在群里说他联系上了俞老师，聚会那天他也会来。

谢芝兰立刻就想给班长发消息说她要加班去不了，还没发出去，寝室群里回国的妹子叫嚣着，聚会那天一定都得到啊，谁不去就是不给我面子。

谢芝兰顿时头有点大。

聚会安排在晚上，那天学校要补课，谢芝兰下课的时候已经比较晚了，她估计赶过去可能会迟到，结果回办公室的时候发现俞景还没走。

“俞老师，你今天不去聚会吗？”谢芝兰暗想要是俞景不去就好了。

“你不是也要去？走吧。”俞景不急不忙地把桌上的东西收拾好。

俞景不会是特地在等她吧？谢芝兰提上包，心里忐忑不已，一路过去她和俞景谁也没说话。

班长号召力还是挺强的，到了地方一看，居然来了不少人。不过是几年不见，有些人变化挺大，都快认不出来了。

谢芝兰很快被舍友拉了过去，几个人东扯西拉，嘻嘻哈哈，气氛一下就热闹起来。

班长这几年人情世故长进了不少，在台上声情并茂地发表了一通讲话，愣是把整个聚会气氛煽动得分外感人，不知道的还以为他们几十年没见了。

晚饭开始一个个还在互相敬酒，到后来不知道为什么大家都拼起酒来。她们宿舍有个姐们是东北人，特别豪爽，谢芝兰酒量不行，喝啤酒喝了不到两瓶就不太清醒了。她两眼发晕，找了个沙发眯一会儿，迷迷糊糊间听见其他人互相灌酒的声音。

俞景找到谢芝兰的时候她已经有点神志不清了，他挑了挑眉：“谢芝兰这是喝了多少？”

“别看谢芝兰这样，她喝得最少。”宿舍有个妹子笑着说，“顶多一瓶啤酒，她酒量太差了，俞老师你放心吧，我们等会儿肯定把她安安全全送回去。”

“不用了，我带她回去。”

说话的妹子呆住了：“俞，俞老师你和谢芝兰住一块？”

“她住学校教师宿舍，明天上午年级组还要开会，她这样不知道明天醒不醒得过来。”俞景虽然也喝了不少酒，不过看起来比谢芝兰正常多了。

“谢芝兰在三中教书？！”这下其他人都愣住了。

“她没和你们说吗？她现在是我同事。”俞景凑过去摇了摇谢芝兰，“谢芝兰醒醒，该回去了。”

谢芝兰醉酒之后有点像重感冒一样,她也不知是谁把她拉了起来，像是个非常熟悉的人。她半眯着眼，规规矩矩地被人牵着走。

于是她一宿舍的人就这么目送着她慢吞吞跟着俞景走了。

“你们有没有觉得谢芝兰这样……好像老俞的闺女。”

“对，有种谜之老父亲带娃的感觉。”

“谢芝兰也是猛啊，她怎么有勇气和老俞当同事的。”

♡+♡=11

谢芝兰喝迷糊后特别老实，让去哪儿就去哪儿，上了车也只乖乖地坐着一动不动。

俞景看着她这副被拐估计也会乖乖跟着人走的傻模样，没忍住摸了摸她的头。

等下了车，谢芝兰就蹲地上不肯走了，她闭着眼睛差点一头栽到地上睡过去。

“谢芝兰，等等再睡，马上就到了。”俞景蹲下去扶住她。

谢芝兰哼哼唧唧：“不行，我太困了，别吵我。”

俞景看她哼着小奶音，软绵绵的样子，一下起了玩心。他轻轻捏了捏谢芝兰的鼻子：“谢芝兰，告诉我你男朋友是谁？”

谢芝兰往后躲了躲想要摆脱那只捣乱的手，俞景偏偏不松，连问了她好几遍："告诉我你男朋友是谁我就松开。"

"男朋友？"谢芝兰歪着头疑惑地看着他，然后又指向自己，"我？"

她的表情出现几秒的呆愣，然后傻呵呵笑了起来："我哪儿来的男朋友，充话费能送吗？"

"给送啊，你不充话费就有送。"俞景心里一软，松开她的鼻子，末了还戳了戳她的额头，"你个小骗子，怎么就这么胆小呢。"

谢芝兰赖着不走，俞景干脆把她背了起来，离校门没几步路了，庆幸的是今天学校放假，不然被抓到他们晚上喝酒返校又要被年级主任念叨一通。

谢芝兰家离学校不远，为了加班她还特地申请了教职工宿舍。

到了宿舍门口，谢芝兰自觉地醒了过来，俞景看着她恍惚地摸出钥匙，半天没找到锁孔，便一把握住她的手替她开了门。

门一开，谢芝兰立刻冲了进去，跑进厕所就开始吐。俞景愣住了，他有些哭笑不得，谢芝兰这是什么酒量，才喝一瓶啤酒就吐了，十有八九酒精不耐受，逞这个强干什么。

不过好在她酒品不错，俞景照顾她直到躺床上睡着，她也没闹。俞景盯着谢芝兰沉睡的脸看了好一会儿，无奈地笑了笑，最后还是静静地离开了。

谢芝兰是被闹钟吵醒的，她摸索半天找到手机，打开一看，一大堆未读信息蹦了出来，寝室群里全是@她的。

谢芝兰，你不早讲，你居然偷偷回去教书了！

厉害！我现在只想问当事人，和老俞当同事有何感想。

昨天晚上老俞把你带回去了，哈哈哈哈哈，你自求多福吧。

……

谢芝兰一下子清醒了，昨天是俞景把她带回来的？！

天呐，她不会做了什么丢脸的事吧！

上午开会的时候，谢芝兰一个劲儿地想从俞景脸上观察出什么，俞景看向她的神情似乎饱含深意，谢芝兰只能绞尽脑汁地想自己究竟都做了什么，结果什么都没想起来。

散会后谢芝兰地凑到俞景身边："俞老师，谢谢你昨天带我回来，那个，我没有给你添麻烦吧。"

"也还好，就是半路赖着不肯走，顺便还吐了我一身。"俞景随口说。

"俞老师对不起！"谢芝兰欲哭无泪，"为了赔罪，我请你吃饭！想吃什么随便挑！"

"好啊。"俞景笑眯眯地说。

谢芝兰隐隐觉得好像哪里不太对。

她特地找了家很出名的火锅店，那顿饭吃得宾主尽欢，俞景还跟她讨论了很多关于菜色的问题。

没过几天，俞景便回请她去了一家据说十分有特色的店，一来二去，她莫名其妙跟俞景成了饭友，几乎每个星期都会出去约一顿。之前僵化的关系就这么自然而然地缓和了下来。

谢芝兰心里偷偷松了一口气，到底是办公室低头不见抬头见的同事，大家装作什么都没发生就让这件事过去算了。

♡+♡=12

到了周末，谢芝兰回绝了俞景的邀请："不好意思啊，俞老师，这周我有点事情，不能出去了。"

谢芝兰不是故意回绝，她这周被安排了相亲。自从毕业后，时不时会有人给她做介绍。谢芝兰对这事有点抗拒，但是她妈说你那个闷葫芦的性格要自己谈恋爱可能性太低了，还不如趁早多认识几个异性，也不一定要你立马结婚，好歹先把渠道打开，不然缘分在你大门口进都进不来。

因此谢芝兰就走到了约定餐厅的大门口，准备去考察她的缘分。

这家店她有点耳熟，前几天听俞景说过，这里的菌子汤还挺有名的。

谢芝兰打开聊天记录，点了一下介绍人给她的联系电话，正当她四处张望的时候，有人喊了她一声。

"俞老师，你也在这儿吃饭？"谢芝兰转头就看见了熟人，尴尬了，被俞景看见她相亲她该怎么解释。

"不用打电话了，你要找的人是我。"俞景举起了餐桌上的手机，朝她晃了晃。

谢芝兰：难怪她刚才看那号码有点眼熟！

"有男朋友？嗯？"

"那个感情不和分了。"谢芝兰此时坐在俞景对面像个做错事了的鹌鹑，缩成一团动都不敢动。她真的搞不懂，俞景这样的人为什么还会出来相亲啊！追他的人不是一大把吗？那个介绍阿姨也是的，什么都没说清楚，如果知道相亲对象是俞景借她十个胆子她也不敢来。

"这么说，我现在还是有机会喽。"俞景替她舀了一碗菌子汤。

“那个，俞老师，我觉得我们不大合适。”谢芝兰小心翼翼地说了出来。

“我未婚你未嫁，都是单身有什么不合适的？工作单位也在一块儿，知根知底，你有什么要求说说看？”俞景从容不迫地喝了口茶。

“俞老师，我可能不符合你的预期，我这个人并不太成熟，做事也老是畏首畏尾。”谢芝兰酝酿了一下，开诚布公地说出口，“我各方面条件都挺普通的，能力也一般般，没什么出色的地方，数学也不好……”

“你确实够畏首畏尾的。”俞景慢悠悠地瞥了她一眼，“但是符不符合我的预期难道不是我说了算？我是找人一块儿过日子，不是找个学术研究伙伴，如果非要纠结数学的话，家里有我一个就够了。谢芝兰，你已经是一个成年人了，你远比自己想象的还要优秀，所以自信一点。”

“我……”谢芝兰脸红了起来，她生硬地转移话题，“这个汤确实挺好喝的哈，俞老师你推荐的果然没错。”

没说几句，俞景似笑非笑地看着她：“谢芝兰，你知道我们现在在做什么吗？我们是在约会，不是同事聚餐。”

谢芝兰的脸已经红成一只煮熟的虾子，心口跳动的速度快得让她觉得不正常，这下她连一句话都说不出来了。

整顿饭在一种微妙而暧昧的气氛中度过，谢芝兰根本没吃几口菜。

吃完饭后，俞景带着她出去逛了一圈，基本都是俞景在说，她低头听着。今天的天气很好，谢芝兰感觉风拂过脸庞都带着雀跃的欢欣。

不管了，谢芝兰决定就把当成一场迟来的奖励，她心跳动得犹如要飞出来一样，以至于她肆无忌惮地盯着俞景的脸就这么傻笑了大半天。

直到俞景送她回家，谢芝兰还沉浸在这半天的美梦里回味无穷。

“谢芝兰，有件事情忘记告诉你了。”俞景在她还未反应过来时一把搂住她的肩膀，“这个是补上一次的。”

说完俞景亲上她的嘴唇。

是温热的，这是谢芝兰脑中闪过的第一个念头。她周身仿佛都被俞景的气息包裹住，犹如陷入了云端，柔软且恬静。她看着俞景的眼睫如同蝉翼一般微微颤抖，像破光飞入她眼底的蝴蝶。

那一瞬间，谢芝兰一把抱住俞景，彻底将自己埋进他的气息之中。

END

小朋友请乖一点

文/钟意

熬夜码字党，
灵感来源于深夜

楔子

在安大的物理系和金融系之间一直流传着一个诅咒：这两个专业里，每一年都会有一个学生谈恋爱被劈腿，而其对象的劈腿对象一定是另一个专业的。

所以，两个专业势同水火。

当大家发现金融系系草苏羡和物理系系花关尔谈恋爱的时候，第一反应是：究竟是系草出了轨，还是系花劈了腿？

♡+♡=01

林俏拍拍前面那个还在啃苹果的纤细背影："尔尔，你该去准备了。那边广播已经念完一遍了，让参加扔铅球比赛的同学去后方候场。"

关尔咬着啃了一半的苹果："去后边？"

林俏点点头，她过会儿还得去跳远的场地准备，不能陪着关尔："你加油啊！"

她们物理系男多女少，运动会女子项目都没人报，关尔跟林俏两人就出来凑个数。

关尔摆摆手，叼着苹果往后边走。她虽然没有扔过铅球，但是她有信心征服这个小小的运动项目。

她过去的时候，刚好看见金融系系花正端庄地站在那儿，系花的男朋友还在对她嘘寒问暖。看到关尔走过来，系花的脸色不太好看，有些警惕地挡住自己男朋友。没办法，诅咒太可怕，两个专业有对象的人都时刻提防着另一个专业的所有异性。

关尔面不改色，继续啃苹果。她一个苹果啃到核，那边老师也喊到了她的号码。她犹豫地看着手里的苹果核，操场上没有垃圾桶。

跑道的另一边，穿着白色运动服的少年懒懒倚着栏杆，正微微偏头，跟同伴讲话。少年眉眼清隽，丹凤眼略微狭长，微微眯眼的时候，有几分懒散。

关尔眼睛一亮。

垃圾桶来了！

她咳了咳，不算大声地喊他："狗子！"

苏羡偏了偏头，就看到少女上蹿下跳地向自己招手，跟个猴子一样。他往关尔那边走了几步，与她隔着一条跑道："干吗？"

关尔一只手背在身后，一只手朝他挥了挥。她神神秘秘地："你过来。"

苏羡多年来的经历告诉他，过去准没好事。但他眯了眯眼，懒散地迈开了步子。

关尔比他矮很多，堪堪到他胸口。关尔知道，为了羞辱她，苏羡每次跟她说话的时候，都会故意弯腰。

他微微弯腰，耷拉着眼皮："小矮子又想干吗？"

关尔自动忽略他那欠揍的称呼，她眨眨眼睛："你把手伸出来。"

后面的老师又叫了一遍关尔的号码，关尔有点着急："你快把手伸出来呀！"

小姑娘杏眼清亮，眼角有一颗浅浅的泪痣，着急的时候会稍稍皱着小鼻子。

苏羡伸出了手。

下一刻，掌心一凉，苹果核安安静静地躺在他掌心，小姑娘已经迅速跑了。

苏羡懒懒勾着唇角，若有若无地笑了一声："啃得还挺干净。"

关尔飞快归队，探头探脑地看着前面人扔铅球。终于到了关尔这里，关尔信心满满地接过了铅球。她照着临时跟别人学来的动作，将铅球握好后放在自己的锁骨窝处，旋转腰身，猛地向前投球。然而她动作不够标准，用力又过猛，在她投出球的那一刻，她胳膊发出了"咔嚓"声。

关尔一惊，痛觉还没传到大脑，眼泪就直接下来了。周围人都被吓了一跳，还没来得及喊老师，苏羡就拨开人群急匆匆地把人抱走了。

关尔哭了一会儿，抬头只能看到少年清隽的下颌线。她动了动腿，有点尴尬："狗子，我伤的是胳膊，不是腿。"

苏羡脸色很难看，他步子顿了顿，然后加快了速度："闭嘴。"

关尔：一脸委屈。

她胳膊疼，不想跟这狗子斗嘴。

♡+♡=02

医务室的医生看到关尔被人抱进来，吓了一跳，她急匆匆地过来："腿怎么了？"

关尔尴尬地举起自己胳膊："老师，是胳膊。"

苏羡淡淡补充："可能是脱臼了。"

医生："哦。"她静默了一会儿，神情有点复杂。好吧，现在小情侣之间的情趣，她不懂。

好在胳膊只是轻微错位，医生给关尔复了位也就没事了。关尔摸摸自己完好的胳膊，仰着脑袋看苏羡。她目光很真诚："苏狗子，你真好。"

好感动。

苏羡面无表情地垂眼看她，就在关尔被看得有些发毛的时候，他把手伸进口袋，摸出了什么东西塞给她。

他声音淡淡的，带着独特的磁性："你也是一只好猴子。"他说完就走，少年身量修长，单手插在兜里，懒散又随意。

关尔低头看手里的东西，被纸巾包着，看不出来是什么。她好奇心作祟，小心翼翼地给掀开了——是她丢给苏羡的那颗苹果核。关尔整张脸都皱在一起了："苏羡，这苹果核都发酸了！"

苏羡勾起唇角，背对着她挥了挥手。

关尔回宿舍的时候，林俏刚好推开门："你胳膊没事吧？"她比赛完了，回来却没看见关尔，一问才知道，她扔个铅球把自己胳膊给扔脱臼了。

关尔摆摆手："没事。"就是有点丢人。

另一个舍友宋嫣过来好奇地摸摸关尔胳膊："你是怎么做到的？"

她拍开宋嫣的爪子："哼！"

宋嫣笑眯眯地把手机在她面前晃了晃："托你的福，现在扔铅球都被咱们院里当成危险项目了。"

手机屏幕上抓拍到了她胳膊脱臼的一瞬间，少女面目狰狞。

宋嫣清清嗓子，把一边的书本卷起来，递到关尔嘴边："这位同学，请问你有什么感想？"

关尔沉默了一会儿，扬了扬眉："就很骄傲。"

宋嫣乐得直笑，爪子捏着关尔的脸颊："你可真是可爱！"

关尔躲过她的魔爪，去捞桌上刚刚切好的西瓜。宋嫣继续翻手机，翻到一张照片的时候，她顿了顿："是苏羡把你抱到医务室的？"

关尔嘴里含着西瓜，点了点头。

宋嫣："你们果然有情况！"

关尔哼哼两声："没有。"

林俏过来抽了张纸："你们这青梅竹马的关系还挺让人羡慕的。"

关尔神色很认真："我们只是普通的村友。"她停了停，又补充，"有仇的普通村友关系。"

他们第一次见面，是关尔到乡下老家去过暑假。她皮惯了，爬树下河的事情没少做。但是常在河边走，哪能不湿鞋。关尔在上树摸鸟蛋的时候崴了脚，缩在树上不敢下来。彼时苏羡刚好从树下路过，关尔叫住他，想要他在下面接住自己。少年抬头轻飘飘地看了她一眼，缓缓勾唇笑了。关尔愣愣看着他笑，觉得自己被侮辱了。

苏羡不仅没有帮她下来，还去村里叫了一堆人。最后关尔跟猴子一样缩在树上，被一群人围观。

关尔羞愤欲死！

第二天她的光辉事迹就被传遍了全村，那些小毛头再也不愿意叫她一声大姐大了。

听完了全部的林俏和宋嫣一脸无奈。

她们俩异口同声："就这？！"

关尔神情复杂，她深沉地说："他毁了我称霸天下的自尊心。"她托着腮帮子，提起往事，连嘴里的西瓜都不香了，"他简直坏出天际。"

之后关尔发现苏羡还是她家邻居，兼她初中同学。苏羡这家伙，上学的时候背后告她黑状、摧残她桃花，还三番四次地坑她压岁钱！

宋嫣摸摸下巴："没看出来坏不坏，但帅是真帅。"

关尔鄙视她。关尔把脑袋凑过去，认真地看着宋嫣："你的大宝贝不美吗？"

宋嫣默默地推开她，重新捧起手机："你明天是不是要上那个公开课？我陪你一起。都是老学姐了，得赶紧勾搭小学弟啊。"

关尔只是默默点头。

♡+♡=03

关尔压着点进教室，随便找了个位置坐下。宋嫣昨天信誓旦旦说要来陪她上课，结果还是投入了周公的怀抱。宋嫣不需要小学弟，她只要周公。

关尔前面是个穿黑色短袖的男生，男生低头在玩手机。不知道是看到了什么，他突然笑起来，跟旁边的同伴搭话："大二有个女生昨天扔铅球把自己胳膊扔脱臼了，可真是个人才。"

他偏头笑，还把那张照片放大，看着上面关尔狰狞的脸笑个不停。

有这么好笑吗？

她拍拍前面那个男生，男生转头看她。关尔目光真诚，指指他手机，又指指自己："我就是那个人才。"

男生愣住，好半晌，他摸摸脑袋，红了脸："对、对不起。"

关尔摆摆手："没事。"唉，都是她不争气。

男生过了一会儿又转过来，有些不好意思："学姐，能加个微信吗？"

关尔眨眨眼睛。她刚要回答，就感觉脖子一凉，脑袋被人摁在了桌子上。

嗯？

是谁扼住了我命运的后脖颈？！

苏羡单手握着关尔的后脖颈，把她脑袋摁在书本上。他声音淡淡，眉眼耷拉着，显得几分懒散："不能。"

男生尴尬地看了他们两眼，把头转回去了。

关尔挣扎着把脑袋抬起来，龇牙就要咬他。苏羡抬手，捂住她的嘴巴往后推："你是一只好猴子，不可以咬人。"关尔用眼神表达了自己的愤怒。

苏羡偏头看一眼讲台："老师进来了。"关尔这才消停下来，桌子下面的脚狠狠踩上苏羡的脚。苏羡也不躲，有些无奈地垂了眉眼。

公开课基本没人听讲，关尔拿着笔在书本上乱涂乱画，苏羡就窝在桌子上睡觉。少年眉眼清隽，气质清绝，周围不少女生偷偷往这边看。

关尔眼珠子转了转，偷偷撕了一页纸。她小心翼翼地把那张纸在自己头发上蹭了蹭，摩擦出静电，然后轻轻按在了苏羡后背上，纸张赫然两个大字：狗子。

现在的情侣都是这么玩的吗？

苏羡半张脸埋在胳膊里，浅浅勾了下唇角，小朋友的聪明才智全用在他身上了。

也不知道是不是关尔的动作太大了，讲台上老师讲课的声音突然顿了顿。他直直地看着关尔这边：“请中间那个穿白衣服的女生上来解一下这道题。”

穿白衣服的关尔：发生了什么！

她死死贴在桌面上，企图隐藏自己的存在。

小朋友年纪不大，但是自尊心是一顶一的强。

苏羡懒懒散散地站起来，迈步往讲台走。

老师皱皱眉：“你是女生？”

苏羡懒散地站着，素白的指尖轻轻一挑头发，妖娆地抛了个媚眼。少年丹凤眼清艳，眼尾微微上挑出弧度。他声音也懒洋洋的，尾音拖长，仿佛带着钩子：“老师我是啊。”

众人扑哧一笑。

不好意思，这笑实在是忍不住。

老师面露复杂：……这位同学，你有点优秀。

他索性也跟着笑了：“行吧，那这位女同学解一下题吧。”

关尔愣愣地看着这奇怪的事情走向，有一瞬间觉得，苏羡可能不是在帮她，他可能真的以为自己是个女生。不，快打住这可怕的想法！

好不容易熬到了下课，关尔扯住苏羡的袖子，有些犹豫：“我请你吃饭吧。”

苏羡靠着椅背：“感激我？”

确实挺感激的，这家伙终于靠谱了一回。

苏羡撸了一把关尔柔软的头发："请客就不用了，能不能换成别的？"

关尔表示一切好说。

苏羡垂眼："我最近在帮导师整理资料，每天很晚才回宿舍。"

关尔眨眨眼睛，没明白他的意思。

苏羡浅浅笑了下："我怕黑，你来接我怎么样？"

关尔震惊了："你清醒点，我才是个女生！"

要她一个娇弱的女孩子每天晚上过去接他，他怕不是疯了。

关尔眼神很复杂："校园里那么多夜灯，你怕什么黑啊。"

"男孩子在外面要保护好自己。"他拍拍关尔脑袋，"说吧，答不答应？"

关尔思忖了下，还是答应了，毕竟他帮了自己一把。

♡+♡=04

夜晚的风有些冷，小道上亮着昏黄的灯，还有不少学生在走动。关尔低头给苏羡发消息，却突然被人叫住。

"学姐？"她抬头，面前是白天上课时遇到的那个男生，男生在这里见到她有些惊喜，"学姐晚上好啊，我叫张章。"

关尔点点头："晚上好。"

张章挠挠头："我能跟学姐加个微信吗？"他今天打听过了，关尔根本就没有男朋友。

关尔的微信就是个摆设，她的一切社交软件都还停留在 QQ 阶段。

她点点头："可以，不过我不太用微信。"

张章连声说没事，高兴得不行："学姐看上去年纪好小啊。"

关尔摸摸自己的脸颊："我比大家早上学一年。"所以她其实才刚满十八岁。

张章点头，看她的目光更加灼热了，关尔完全没注意。

关尔过去的时候，苏羡正站在行政楼门口。终于看到关尔过来，他撇撇嘴："好慢。"

关尔不解："你就不能先走两步吗？"从行政楼回宿舍区就只有一条路，搞不好他们还能在半路上遇到。

苏羡拍拍她脑袋："我怕黑，怕寂寞。"

关尔捂住脑袋："不能拍头，会长不高的。"

苏羡惊奇地看着她："阿姨是这么骗你的吗？"他目露怜悯，"傻孩子，你已经不长了。"

关尔目露凶光："你信不信我跳起来打你脑袋。"

苏羡低低笑了："还挺有自知之明。"

他单手插兜，走路的时候虽然懒散随意，脊背却挺得笔直。地上两人的影子被拉长，重叠在一起。

苏羡冷不丁地说："你冷吗？"

关尔翻个白眼，把自己外套甩给他："你可真好意思。"

他有什么不好意思的，苏羡可幸福死了。外套上有少女身上清浅好闻的香气，苏羡把外套搭在肩上，眉眼偷偷弯了弯。

林俏听到开门的声音，探头出来："回来了？"

关尔应了声。

林俏看一眼她："你外套呢？"

关尔愣了一愣，她忘记把外套要回来了，她小声嘟囔："被狗叼走了。"

苏羡把女孩子粉粉的外套挂在床头，托着腮静静地瞧。

舍友郑振看了一眼，毛骨悚然："你都这么变态了吗？"

苏羡淡淡哼了声。

郑振不用猜都知道："关尔的？"他简直无语，"你要是真喜欢人家，就正儿八经地追。"

苏羡懒懒抬眼看他："我表现得不明显吗？"

郑振：……

"哪个男生追女孩子，整天一口一个猴子，还动不动抢人家零食。"他眼神很复杂，"现在的小学生都不这么干了。"好好一个帅小伙，怎么头脑就这么幼稚呢。

苏羡送给他一个轻飘飘的白眼。

关尔趴在床上给他发消息：明天把外套给我送过来。

那外套她刚买的，还没穿够呢。

苏羡回了一句很莫名的话：我挺喜欢。

关尔：……

关尔：你怕不是有毛病，那是我的！我的！

这人现在连衣服都要跟她抢了。

苏羡回了一条语音。少年声音低低的，笑声微磁，带着丝丝的哑：

“逗你真好玩。”

关尔耳朵莫名就有些发烫。她摸摸自己的耳垂，半晌才反应过来。好玩个锤子！

关尔晚上睡得晚，第二天起来上早课的时候就脑袋晕乎乎的。她出宿舍楼的时候，险些在台阶上一脚踏空。苏羡扶住她肩膀：“把眼睛睁开。”

关尔把眼睛睁开，下一秒头上被罩上了外套。她扯下外套，哼哼唧唧的。苏羡把早餐塞她手上，指尖戳戳她额头：“记得把早餐吃了。”

金融系跟她们物理系的教室在不同方向，苏羡把卫衣帽子盖在头上，懒懒散散地迈步走了。

关尔一到教室就开始借着前面几位大高个的掩护睡觉。睡着睡着，她突然睁开眼睛，看着被她放在旁边空椅子上的早餐，慢吞吞地思考了会儿。也没思考出来什么，她把豆浆拿过来，偷偷摸摸地吸了一口，甜度刚刚好。

♡+♡=05

关尔说不经常玩微信就是真的不常玩，张章一连几天给关尔发了不少消息，但是都没得到回复，他有些着急了。

关尔愣愣地看着面前突然出现的男生：“有事吗？”

男生眉眼俊朗，朝气蓬勃，他摸摸后脑勺：“我下午有球赛，你要不要来看？”

宋嫣戳戳关尔的后腰，疯狂暗示。关尔想了想：“你们跟谁打？”

张章：“跟金融系的。”

关尔眼睛一亮："我会去看的。"

她记得苏羡就是金融系篮球队的，反正她闲着也没事，不如去看看。

郑振在换球服，看一眼坐姿懒散的苏羡："你不上？"

苏羡耷拉着眼皮，熬夜后的黑眼圈十分明显。他没什么兴趣，帽檐遮住了半张脸："一群大一的，有什么好打的。"

郑振知道他实力强，就也不再劝了："那你好好看着，小爷在球场上是如何捕获芳心的。"

苏羡哼了声，他不打算上场，也没兴趣在观众席看他们打球，他拎着瓶水打算离开，随意一瞥，在观众席的某个角落顿住。

关尔她们来得晚，只抢到了最后排的位置。宋嫣兴奋得不行，拿着手机疯狂地拍球场上的帅哥。

露天的球场，太阳照得人眼睛发涩，关尔出来的时候没戴帽子，现在正用外套蒙着脑袋。苏羡脚步一转，从旁边的走道过去，绕到了关尔身边。他拍拍关尔脑袋："干吗呢？"

关尔把脑袋露出来，有些惊奇："你没上场吗？"怪不得她眯着眼睛找了半天，都没找到人影。

苏羡懒懒勾唇："想看我打球？"

关尔目光真诚："想看你输。"

她指指球场上那个穿 2 号球服的男生："我还指望看你被他打败呢。"少女目光清亮，是真的想看他输。

苏羡哑然。

他抬头把棒球帽摘下来，反手扣在关尔头上："等着，我赢给你看。”

关尔扶住有些大的帽子，眨眨眼睛。赢给她看？好像挺不错的样子。

上半场打完的时候，郑振气喘吁吁地下来："这群新生实力挺强啊。”

他们现在的比分差距很小，这群新生下半场就有可能直接追上来。苏羡看了一眼正跟队友击掌的2号，表情冷淡："下半场我上。”

郑振震惊："你什么时候这么有团队精神了？”

苏羡淡淡哼了声。

下半场的时候，苏羡穿着白色的1号球服上了场。少年戴着红白相间的护腕，眉眼清隽，眼尾上挑，好看得不像话。他微微偏头，隔着远远的距离，目光落在关尔身上。苏羡弯眉一笑，唇瓣动了动。

他在说：我赢给你看。

关尔眼睛亮晶晶的，连她自己也不知道，她此刻的目光有多专注。

苏羡打球很猛，相比横冲直撞，他更注重技巧，两队的比分很快就拉开了差距。张章警惕地在他前面拦球，不敢轻敌。苏羡抬头看他一眼，是关尔说的2号。

他闪身运球，在张章过来拦球的时候狠狠撞上他的肩膀，与此同时，一个跃身投了篮。

观众席爆发出欢呼，下半场也结束了。

苏羡随手抹了一把下巴上的汗水，弯腰平复着呼吸。他抬头看着关尔的方向，轻轻挥了挥手。

关尔眸子清亮，目不转睛地看着他。

他真的赢给她看了。

苏羡起身的时候，视线淡淡从张章身上掠过。当时他撞张章那一下并不重，只是让他踉跄了两步。

郑振灌了一瓶矿泉水，脸上也有笑意："你今天发挥得不错啊。"完全就是压倒性的胜利。

苏羡这人吧，平日里懒懒散散地，对很多事情都不太上心。就拿打球这件事来说，他从来都不尽全力，总把胜算把握在刚刚好的程度。可今天不一样，他尽了全力，没让自己有半分输的可能，也不知道是为了什么。

苏羡出来的时候关尔还没走，她抱着黑色的棒球帽，乖乖等着。苏羡弯腰看她，身上还有刚洗完澡后的潮气。他声音有些哑："我今天厉不厉害？"

"就、就一点点吧。"关尔脸颊有些发烫，她躲开苏羡的视线。说完，她还把拇指和食指捏在一起，向他比了一下这个"一点点"的程度。

"就这么点。"苏羡低低笑了一声，胸腔微微震动。他把关尔的手指拂下去，把帽子接过来戴在头上，"行吧，你要求可真高。

"看来我还得继续努力了。"苏羡笑了，他笑的时候狭长的眼会稍稍眯起来，像只午后晒太阳的猫，显得懒洋洋的。关尔觉得他今天赢了比赛真的心情很好，一直在笑。她不知不觉也笑起来，在他身后小步蹦跶着。

苏羡不回头也知道关尔在做什么："不要踩我影子。"

关尔小声哼哼，继续踩。她小手背在后面，一步一步踩着苏羡的影子走："你们过两天也要班级聚会吧？"

苏羡应了声。

关尔低着脑袋："我们选在华盛居，那里很贵的。班长还说请客，估计得花不少钱。"

她就这么有一搭没一搭地说着，也没个什么主题，想到什么说什么。苏羡始终快她一步，让她能够轻松踩着自己的影子，时不时回应两句。偶尔女孩子会被他气到，就快走两步追上去，轻轻地踹他一脚。苏羡也不生气，唇角始终扬着。

苏羡回去后，突然问了郑振一句："咱们班聚会的地方定了吗？"郑振是他们班班长，这段时间正在挑合适聚餐的地方。

郑振头也不抬："还没呢，我还打算再选选。"

苏羡语气淡淡："华盛居怎么样？"

郑振抬起头："地方是好，但是消费太高了。"他们班都是AA制，选这么贵的地方不太合适。

苏羡没啥表情："我请。"

郑振怀疑自己的耳朵："这么突然？"

苏羡懒懒抬眼："突然吗？那我不请了。"

郑振立刻抱住大佬大腿："不突然！一点也不突然！小的在这谢过大佬了。"

苏羡踹开他："离我远点。"

♡+♡=06

大概是之前那场比赛伤了张章同学的自尊心，他一连几天都没有再来找关尔。就在关尔都快忘记这个人的时候，他又出现了。

关尔一出宿舍楼就被堵住，愣愣地看着抱着花的张章："你这是？”这天是周末，大早上的没什么人，但是他这么大张旗鼓的，还是让关尔觉得有点尴尬。

张章一鼓作气：“尔尔，我喜欢你，做我女朋友吧！”

苏羡不知道从哪里冒出来，跟个鬼魂一样慢悠悠地飘过来。他声音也轻飘飘的，细听会发现有点咬牙切齿的味道：“想得美。”

关尔瞪苏羡一眼，她有些歉意地对张章说：“抱歉。”

张章有些泄气，他还有什么话想说，然而看着旁边杵着不走的苏羡，他的话都哽住：“那、那打扰了。”

苏羡眯着眼睛看着男生仿佛落荒而逃的背影，淡淡嗤笑一声。他偏头看着关尔：“是不是我不在，你就答应了？”

关尔送他个白眼，她转身就走。

苏羡扯住关尔的卫衣帽子，把人拉住。他把手里一直拎着的早餐递给她：“别去食堂了，吃这个。”关尔瞅了一眼，还是没骨气地接过来了。

班级聚会那天，关尔跟着林俏她们一起到了华盛居。环境是真的好，消费也是真的高。

林俏咂舌：“咱班长这次真是大出血了。”

桌子上摆着各种各样的酒，女生们很少碰，都选择了饮料。关尔眼睛亮晶晶的，偷偷伸手捞了一瓶酒。她悄悄凑近林俏：“要是我喝醉了，记得把我带回去。”

很少有人知道，平时乖巧俏皮的关尔竟然还是个小酒鬼。她酒量不好，但是又爱喝酒，不过家里管得严，她并不经常碰酒。

林俏点头：“行，但是你还是少喝点。”

林俏边聊天边吃东西，等终于想起关尔的时候，小姑娘正乖乖巧巧地坐在凳子上，两条小细腿一荡一荡的。

林俏凑过去：“喝醉了没有？”

关尔慢吞吞地抬头，弯了弯唇角，眼尾浅浅的泪痣衬得眉眼好看又灵动，她弯着眼睛：“没有呀。”

林俏半信半疑地摸摸她有些红润的脸颊：“那你也别喝了。”

关尔答应了，过了一会儿，又悄悄捞过来一瓶酒。

醉酒的反应一：不听话。

包厢的灯光有些暗，大家三三两两地凑在一起，或聊天，或玩游戏。关尔静静地坐着，半晌，她扯扯林俏的衣袖：“嫣嫣，你爱我吗？”

林俏：……

“我是林俏。”

醉酒的反应二：不认人。

关尔又凑近了点，脸都快要贴上来：“俏俏，你爱我吗？”

林俏觉得她真醉了，她转身拿外套，决定把这个小酒鬼带回宿舍。关尔还在不停地追问，她只好敷衍地点点头：“爱，爱你。”

关尔抓着她的袖子：“那你愿意为我打滚吗？”

醉酒的反应三：胡搅蛮缠。

林俏沉默了：“我怀疑你在装醉。”她扶着关尔的胳膊，“起来，我们回去。”

关尔不让她碰，她自己缩到了椅子下面，抱着膝盖小声嘟囔着什么。林俏好不容易才听清她在说什么："我是一块砖，我不会走路。"她仰着脑袋，"你得把我抱回去。"

林俏：没办法了，她还真抱不动。

♡+♡=07

包厢的门被推开，苏羡懒懒倚着门框，轻轻笑了声。

这个小酒鬼，一醉了就特别可爱。他迈步过来，在关尔身边蹲下。关尔歪着脑袋看他，她眨眨眼睛："苏羡。"

苏羡轻轻应了声，唇角牵起小小的弧度："嗯，是我。"

关尔突然笑了，小姑娘眉眼弯弯，眼里覆着薄薄一层潋滟的水光。她语气特别真诚："你是我见过长得最帅的狗子。"

苏羡：……

素白的手掌轻轻遮住眉眼，苏羡低低笑了。行吧，好歹夸他帅呢。他朝关尔伸出手："回不回去？"

关尔低头，静静瞧着他伸出来的手掌，她很小声地问："那你抱我回去吗？"她是一块砖，哪里需要哪里搬。

苏羡勾唇笑："抱。"

求之不得。

温热的小手塞进来，苏羡紧紧握住，另一只手揽着关尔的腰，把小姑娘抱了起来。他朝旁边的林俏微微颔首："我送她回去了。"

林俏愣愣地点头，说好的普通村友呢。

关尔在苏羡怀里没安静多久，她蹬蹬两条小细腿："我要下去。"

她喝了不少酒，呼吸间是浅浅的酒香。苏羡怕她不舒服，把人放了下去：“想吐吗？”附近没有垃圾桶，他把外套脱下来，“想吐就吐到衣服上。”

关尔蹲在路边，好半天才转头看苏羡，眯着眼睛问：“你是谁？”

苏羡愣了一下，他低低笑起来：“我是你最喜欢的人。”

关尔静静看他半晌，突然低下头呕吐。

苏羡：……

他好气又好笑：“是不是故意的？”

关尔什么也没吐出来，她抱着肚子蹲了一会儿，撇撇嘴：“我难受。”头晕，胃里也不好受。少女眉眼灵动，小鼻子都皱了起来。

“要不要背？”他低了头，声音柔和，耐心地哄她，“回去睡一觉就不难受了。”

关尔乖乖爬上他的背。少年脊背宽阔，衣襟上有浅浅的酒香。

关尔跟个小狗一样嗅了嗅：“你喝酒了。”

苏羡托着她腿窝，轻声解释：“没有喝，是郑振他们喝的。”

“我想起来你是谁了。”关尔晃荡着小短腿，突然揪住他头发，气哼哼地，“你是苏狗子。”

苏羡哼笑一声。

背上的小姑娘突然安静下来，苏羡以为她睡着了。然而某刻，他脖颈上传来浅浅的湿润感。关尔小声啜泣着，脸颊上都是泪。苏羡一惊，手足无措地把关尔放下来：“怎么了？”

小姑娘难过极了，还不忘记哼哼唧唧地指责他：“你为什么要抢我零食，为什么要坑我压岁钱？”

一桩一件，她记得清清楚楚。

苏羡愣了半晌，良久，他无奈地摸摸关尔的小脑袋。微凉的夜风吹来少年低低的柔和声音，转瞬又飘散在风里。

“因为喜欢你啊。”

年少时候的喜欢，幼稚又可笑，这种行为模式一旦固定下来，就怎么也找不到转折点。他也想把小姑娘抱在怀里，给她买最好看的衣服，带她看最美好的风景，想给她最甜的棉花糖，想一直握着她的手。

清和的声音里夹着些微的叹息，苏羡摸摸关尔柔软的发。他眉眼低垂，浅浅的无奈。

“小朋友，你可不可以乖一点。”

她只要乖一点点，朝他迈出小小的一步，哪怕是跋山涉水，苏羡都能闯过来。

关尔歪头看他，眼睛含着细碎的光。她似乎是有些不满，鼓了鼓腮帮子：“我很乖啊。”小姑娘小小一团缩起来，只露出个脑袋看他。

苏羡稍稍低了头，指腹拭去她下巴上的泪珠。他轻轻笑：“那你可不可以乖乖地让我亲一口。”

关尔歪着脑袋，静静看他。苏羡无奈地垂眼，觉得自己真是糊涂了，跟一个小醉鬼说什么。他要站起来：“回去吧。”唇角突然重重被人撞上来，触感温软。苏羡瞳孔骤然放大，直起一半的身子失去重心，向后跌倒在地上，关尔也一屁股坐在了地上。她蹲得腿有点麻，撞得嘴巴也很疼。

小姑娘眼里立刻就包了一汪眼泪：“我后悔了。”她嘴巴好疼呀。

苏羡喉结上下滚动，他好半晌才回过神，僵硬着身体去拉关尔。

他声音哑得厉害，还有点颤：“不能后悔。”

苏羡重新把关尔背起来，关尔趴在他背上有些犯困。少年也不知道在想什么，他每走两步就莫名其妙地停下来，然后又重新开始走。

苏羡无意识地舔了舔唇，笑了起来，笑意从眼角眉梢蔓延出来，慢慢晕红了脸颊。突然想到什么，他颠了颠背上的关尔。关尔被他颠醒，不满地哼哼。苏羡声音很严肃，带着小小的威胁。

“关尔，你得对我负责知不知道？”他轻轻哼了声，“你明天要是敢翻脸不认人，我就、我就……”

他就怎么样呢，到最后他也没说出来后半句话。苏羡有些无奈地想，他能怎么样呢。

背上这个小朋友，他真是恨不得时时刻刻捧在手心里，关尔浅浅一笑，苏羡的心就软塌塌的了。

♡+♡=08

关尔第二天一觉睡到中午，因为没课，舍友们都在宿舍玩手机。她愣愣地坐起来，扶着晕乎乎的脑袋去洗手间。冰凉的水刺激了感官，关尔瞧着镜子里的自己，突然就有点愣神。

林俏倚在门框看她：“你还记得昨晚你是怎么回来的吗？”

“关尔，你得对我负责。”

这句话突然冒出来，跟魔咒一样在大脑里无限回旋。

她呆愣愣地看着林俏，捂住自己的脑袋：“我一定是疯了。”

林俏看着头发乱糟糟的关尔，赞同地点点头：“确实像个小疯子。”

宋嫣探头过来，把她手机递过来。关尔看了一眼，是苏羡的电话。她立刻跳得远远的，疯狂摆手：“拿开！快拿开！”

宋嫣：……

这小疯子在搞什么呢。

林俏眨眨眼睛，突然按了接通："我是林俏。"那边说了些什么，林俏看了关尔一眼，"好，我会告诉她的。"

关尔恨不能当场去世："林俏我恨你！"

林俏翻个白眼，把手机塞给她："赶紧下去，苏羡说他在楼下等你呢。"

"不不不，我不能下去。"关尔跟捧着个烫手山芋一样捧着手机，慌得不行。

宋嫣好奇地探出脑袋："为什么？"

因为苏羡会让她负责的。关尔憋得脸通红，她脑子乱糟糟的，完全不能思考。林俏从窗户上探头看了一眼："苏羡就在楼下等你呢。"

关尔坐在床上疯狂抖腿，半晌，她一咬牙，穿着拖鞋就跑下去了。

宋嫣目瞪口呆："她还没梳头呢。"

爆炸头，红拖鞋，完完全全就是个小疯子。

关尔一鼓作气冲到楼下，装作面无表情地站在苏羡面前。她表面淡定，心里慌得要死，说话的声音都在抖："我会对你负责的！催什么催！"

苏羡顿了顿，把打包好的盒饭举起来："给你送饭。"天地良心，他真的只是来送个饭。

关尔羞愤欲死。

她转头就想跑，被苏羡握住手腕。

苏羡下颌线绷紧，有些紧张，他声音很轻："真负责？"他想说就算不负责也没关系，想说让她慢慢考虑，可他嘴唇动了动，到底还是没说出口。

关尔耳朵有些发烫，她小声嘟囔："我又不是渣女。"都说了亲了会负责的嘛。

握住她手腕的手突然用力，关尔被拉着转身，重重撞进少年怀里，微凉的吻落在她额头。关尔震惊地睁大眼睛，完全反应不过来。苏羡低低地笑，伸手摸摸她炸毛的脑袋。

“抱歉，没忍住。”他实在是太高兴了，苏羡弯着唇角，又浅浅吻她眼睛，“不能反悔。”

要负责就得负责一辈子。

关尔半晌才红着脸推开他，她慌得不行，视线四处乱飘：“我上去了。”

她转身就跑。

关尔一口气跑回宿舍，她背靠着门喘气，就看见三个舍友从窗口收回脑袋，若无其事地散开，她连脖子都红透了。

郑振打完一局游戏，抬头揉揉脖子。苏羡拎着一大袋子零食飘进来，把东西全部扔给他。郑振简直受宠若惊：“哥，你是爱上我了吗？”突然对他这么好。

苏羡飘回自己的床上，唇角始终就没下来过：“我有女朋友了。”

郑振一下子跳了起来：“关尔？不是吧，这么突然？！”

这个大龄幼稚小学生是怎么把人家漂亮妹妹拐到手的？然而他也高兴，郑振拍拍苏羡肩膀，有点感慨：“惦记了这么多年，可终于圆满了。”

关尔上专业课的时候，身边林俏突然起身，换到了后面的位子。她疑惑抬头，就看见苏羡坐过来。

她有点脸红："你怎么过来了？"

苏羡握住她放在桌下的小手，轻轻捏了捏指腹："陪女朋友上课。"

众人面面相觑，金融系一枝草跟物理系一朵花谈起了恋爱？

哦，我的上帝！按诅咒来说，是系草出了轨，还是系花劈了腿？

专业课老师眯了眯眼，视线锁定在苏羡身上。他跟苏羡一门专业课的老师认识，也见过这个学生。老师清了清嗓子："苏羡同学是吧，陪女朋友上课？"

苏羡大大方方地站起来："老师您猜得很对。"

老师笑了声："那顺便也解个题吧。"

苏羡毕竟不是这个专业的，关尔偷偷摸摸地把笔记本推过去，给他传答案。

苏羡轻轻捏捏她手指，面上云淡风轻，他微微眯眼，思考了会儿，很快说出答案。老师满意地点点头，让他坐下。

关尔眨眨眼睛，小声跟他说话："你怎么什么都会？"

"男朋友厉不厉害？"苏羡撑着脑袋，懒懒散散地勾唇笑。

"超级厉害。"她抬起两人握在一起的手，轻轻亲下他的手背，"奖励。"

苏羡顿住，指尖颤了颤。他半张脸埋进胳膊上，无声地笑起来，又晃晃手，盯着关尔，声音低低的："想亲。"

关尔眼睛亮晶晶的，小小地哼了一声："不给你亲。"

苏羡勾勾她小拇指，他声音低不可闻："真好。"

身边这个小姑娘，时时刻刻在他身边，可真好啊。

♡+♡=09

这一年冬天格外冷，南方的空气泛着浅浅的潮。

关尔裹着红色棉服，一头扎进苏羡怀里："好冷啊。"

苏羡把她小手包进掌心，连着人也揽进怀里。他下巴轻轻抵着关尔的肩膀，带着她的手伸进自己兜里，关尔摸到了一个有些棱角的东西。

她眨眨眼睛："是什么？"

苏羡勾唇："拿出来。"

关尔把东西抽出来，是一个包得鼓鼓的红包。她弯着眼睛："我已经长大了，不能再收红包了。"

苏羡亲亲她耳朵，眉眼缱绻："还是个小朋友呢。"

"你也是个宝宝。"她仰脸亲亲他下巴，"你是我的大宝贝！"

苏羡乐得直笑，蹭蹭她脸颊："真可爱。"

关尔眯眼笑："你的新年愿望是什么？"

苏羡把小姑娘抱在怀里，掌心里塞着暖呼呼的小手。

新年愿望？

他希望怀里这个小朋友一生喜乐康健，永远陪在他身旁。

— END —

限定男友十分糖

文/虞惊

被甜文耽误的
虐文写手！
梦想让文字里的
甜变成生活的
一部分。

♡+♡=01

这一天，宁大论坛头一回系统瘫痪，运行崩溃，原因很简单，是因为一条帖子，只见那串标题写着——

“天晴了雨停了，兔子爱吃肉了，母猪会上树了，周晋和纪未溪有孩子了！！”

楼主还特意用了加粗加黑加大的字体，消息震撼了每一个人的心，帖子由此刷了几万条回复，被疯转了一个星期。

众所周知，宁大的论坛的头条新闻永远是被两个人牢牢霸占着的。一个是法学系的周晋，一个是新闻系的纪未溪。

这两人暗中较劲多年，大事小事都会来一场赌约，目的是看对方出糗的样子。

今天传出周晋输给了纪未溪，脱得只剩下一条裤衩，毫不羞涩展示着自己的肌肉走到了女生宿舍底下，喊了三声“我是猪”。

明天又传出纪未溪输给了周晋，愿赌服输的纪未溪顶着一张大花脸在操场跑了十圈并大喊“周晋是猪”。

按正常套路来讲，这个帅哥美女的组合相爱相杀多年，必定是要发生一些事情，碰撞出一些火花的，可周晋和纪未溪之间的碰撞，是火山喷发，宇宙大爆炸。

可两年过去了，这两人成了老学长老学姐，不仅啥事没有，还是依旧牢牢占据论坛的头版头条，有新生刚开始了解到他们的时候，还特意刷了个“周纪”CP的话题，结果当然是受到众人一番嘲笑。

周晋和纪未溪在一起？除非母猪会上树！

可事实告诉大家，母猪可能真的会上树，帖子上的那张高清大图上，周晋和纪未溪以及那个看上去两岁的小包子和谐地走在一起，留下一帮人在风中凌乱。

后来有知情人表示，那天的情况是这样的——

纪未溪跟周晋的新赌约是拿到文艺节的第一名，输的那个要扛着夜壶去对方宿舍楼底跑五十圈。

这次纪未溪以一票之差险胜了周晋，而就在这个美好的上午，她正怡然自得地剥一颗葡萄，坐在窗户旁等着某个顶夜壶而来的男人。

可没想到一个声音通过扩音器自楼下传来，在纪未溪耳边炸开：“纪未溪，你出来！”

纪未溪钻出一个脑袋，想看看周晋到底在整什么幺蛾子，此时阳光明媚，风儿轻轻，她看见倚在树旁，微眯着眼笑得一脸狡诈的周晋，他顶的不是夜壶，而是一个胖乎乎的小孩子！

周晋见纪未溪出来了，懒洋洋地举起手上的喇叭，他特意花高价买的喇叭，声音足够传遍整个校园，落到每一个人的耳中。

“溪溪，再怎么样，看在咱们孩子的分上，这次的赌约就算了吧……

“毕竟孩子还看着呢，总不能让他看着他爸在外人前丢脸……”

周晋声音委屈，一脸慈爱神情，有人居然开始心生同情，而纪未溪此刻，就像一道惊雷劈中了脑子，手中的葡萄下意识砸了过去：

“滚——”

周晋眼疾手快接住了那颗葡萄，塞到了肩膀上胖乎乎的小孩手里，小声地哄骗道：“快，谢谢你妈。”

于是，大家又从扩音器里听到了一个奶声奶气的声音说道：“谢谢妈妈的葡萄！”

一唱一和，倒真像一个模子刻出来的。实在不怪这小团子，谁让半路认来的爹威胁他一定要把妈妈拐回家，不然自己就会被送走！

紧接着，纪未溪的手机亮了，备注“周狗”的联系人发来一条微信：“下来，不然我让人把孩子抱到你们宿舍去。”

语气间充满威胁，纪未溪磨了磨牙后根，已经想到了凌迟周晋这厮的一万种方法。

后来。

纪未溪一脸云淡风轻地从宿舍楼中走出来，而周晋则把肩上的小孩放下来，有人听见他说：“周周，快去找你妈妈。”

胖团子摇摇晃晃朝自己走过来的时候，纪未溪的内心其实并不平静，早已暗骂了周晋几百遍，直到那个小爪子缓慢牵住了自己的手，她呼吸一窒，不自在地握住这只爪子，慢慢走向了周晋。

所有人都记得那一天，周晋和纪未溪，平静地领着他们名叫“周周”的孩子离开了学校，预想中的大战没有开启，一家三口看上去像幅和谐的画。

♡+♡=02

咖啡厅，纪未溪第五次把想往自己怀里钻的小团子拉开，这才清了清喉咙朝对面的周晋道："说吧，怎么回事儿？你想逃掉惩罚连这种损招都想得出来？"

周晋此刻也颇为无奈地按了按额头说："这是我九姑的姨妈的妹妹的姐姐的二姨的孩子，我妈扔给我带。"末了又补充道，"还有你，我们一起带。"

这事说来也无语，谁让纪未溪和周晋都有一对不正经的父母。他们两家是世交，通俗点说纪未溪和周晋也算青梅竹马，尽管他们从小不对付，一见面就打架，可双方父母却执意要把他们凑成一对。

尤其周晋的父母，小时候就给周晋灌输"纪未溪是你以后的媳妇儿"这个理念，从小学到高中再到大学，这两人更是被明明白白地安排在了一块儿。

后来周晋爸妈还给他们俩租了一套房子，说是互相有个照应，但即便宿舍有点漏雨还经常断电，纪未溪还是梗着脖子不愿意搬去跟周晋一起住。

这次的孩子事件，又是双方父母安排的。也不知他们从哪找来的远方亲戚的小娃娃，父母碰巧又有事，两家一合计，直接把孩子送到了周晋手上，还嘱咐他一个大男人照顾不好，记得让纪未溪一起帮忙。

纪未溪听完这一番操作，彻底无话可说了，刚要张口拒绝，电话就响了。

"喂——"

"溪溪啊，你见到周周了吧，一定要照顾好他啊，说起来他跟你也沾点亲的，这孩子可怜，一直是保姆带着，爹不疼娘不爱的，真的是可怜唷……”

目光转向一旁的小团子，他正在用手扒拉一块蛋糕，吃得满嘴糊得都是巧克力，见她看自己，还露出几颗小米牙，笑得甜甜的。

纪未溪只觉得自己的心瞬间融化了，可是又想到一旁目光灼灼的周晋，就立刻制止了自己的心软，她可不想跟周晋住在一起啊！

还记得有一次，她错过了门禁时间，没办法只好求助了周晋。

原本纪未溪考虑得很周到，两个人睡不同房间，随便应付一晚就走。可没想到第二天早上，当她睁眼的那一刻，就看见周晋那一张放大的脸，而自己正被他牢牢箍在怀里。

纪未溪一声尖叫就把周晋踹下了床，周晋揉着睡眼惺忪的眼睛指责她：“明明是你晚上走错了房间，还赖着不走！”

记忆瞬间回笼，纪未溪想起半夜自己爬起来上厕所，后来回去的时候随便开了一扇门找到床就躺了进去，怪不得她觉得后半夜睡得暖乎乎的，原来是有周晋这个大暖炉。

身上好像还有残留的温度，想到这儿，纪未溪只觉得脸上发烫，心脏一阵乱跳，她胡乱把周晋赶了出去，不听某人在门外跳脚的声音。

自那以后，纪未溪再也不敢想跟周晋同居这回事儿，每次想起都感觉怪怪的，心跳得厉害。

谈话结束，纪未溪很是坚定地告诉周晋：“孩子你抱走，我不可能跟你一起照顾他。”

周晋闻言，一副早已猜到的模样，微笑地点点头。

“我们来打个赌吧。”

“好啊！赌什么？”纪未溪兴奋了，她平生最大乐趣就是赢过周晋，然后提出各种惨无人道的条件让周晋执行。

“赌你肯定会照顾他。”周晋用下巴示意那个正在眼巴巴看着纪未溪的小团子。

“行！”

纪未溪早就打定主意不会让周晋得逞，也不废话，起身就要走，可是，腿却拽不动了。

她低头，小胖团子正抱着她的腿，委屈巴巴的模样，扁着嘴似乎下一秒就要哭出来。

纪未溪好言好语的哄劝了他几句，狠了狠心挪开他的手，刚走没几步，后面传来了惊天动地的哭声

“呜呜呜呜，别不要我……”

纪未溪回过头，小包子朝着她的方向跌跌撞撞奔来，连带着身后皱着眉一脸担忧的周晋，四周的目光都聚集过来，此刻活像一部抛夫弃子的狗血电视剧。

纪未溪怀里抱着周周，一脸悲愤，颤抖着手指着周晋道：“周晋，你狠。”

♡+♡=03

谁也不知道一个两岁的小孩子缠人的劲儿有多么厉害，像块黏皮糖一样甩不开。在咖啡厅整整纠缠了一下午后，纪未溪最终举了白旗，领着扒在自己身上的小团子入住了周晋的房子，稀里糊涂地开启了半

道组成的“一家三口”模式。

这个莫名其妙认来的儿子叫周周，纪未溪眯着眼一脸怀疑地盯着周晋：“这不会真是你儿子吧，骗我是亲戚家的好让我帮你免费带孩子？”

周晋指出她的错误，强调道：“是我们的儿子。”

与此同时，输掉赌约的纪未溪，按照规矩，是要有一天时间无条件答应另一个人的要求。

所以，周末这天，周晋一脸神秘地带着纪未溪和周周出了家门。

一路上纪未溪都感到心神不安，她有预感，周晋不会放过她输掉的这一天，一定会借此来狠狠整她！

当纪未溪终于抵达目的地时，她还是当场在原地傻眼了，只见某处拥挤的现场，一位主持人举着话筒激情地介绍着什么，而某张挂起来的大海报上写着斗大的一排字。

“亲子互动专场，竞争神秘大奖。”

经过主持人解说后，纪未溪他们了解了大致规则，父母带着孩子进行两轮游戏比拼就能够得到神秘大奖。

第一轮游戏是踩气球，先在身上绑一串气球，由周晋一只手抱着孩子，另一只手背纪未溪，周晋负责冲锋，纪未溪则负责弄破别人的气球。游戏最后剩下气球最多的那方赢。

原本不情不愿的纪未溪，在进入状态之后，瞬间斗志满满，跟周晋配合得天衣无缝，一个灵巧地穿梭在人群中，另一个找准时机弄破别人的气球。

他们这一队父母和孩子都看上去年轻又养眼，更是惹人注目，主持人在最后一刻激动地大喊：“周纪夫妇队简直是一路披荆斩棘！”

最后自然是纪未溪这一队剩下的气球最多，赢了第一场比赛。

紧接着又开始了诸如小型接力赛和物品传送赛，这些对于纪未溪和周晋来说根本不在话下。

很快到了最后一轮比赛——默契问答。

这轮主要是夫妻参加，由主持人提问，夫妻双方在白板上写下答案，答案一致的数量最多的那一对夫妇获胜。

“女方最喜欢做的事情是——”

纪未溪和周晋面无表情地亮起白板。

“让周晋裸奔。”

“让我裸奔。”

“男方的缺点是——”

周晋唰唰写下答案亮出“我没有缺点”，只见纪未溪愤愤地举起白板，上面也写着“他没有缺点”。

按周晋的自恋程度来讲，答案只有这个，如果不是为了赢，纪未溪才不可能昧着良心这么夸周晋！

“女方的优点是——”

“美。”

“美。”

纪未溪看了一眼周晋，他也刚好在看她，眼里还有一丝得意，像是在对她说，看吧，我多了解你。

紧接着最后一道题来了。

“男方最在意的人是——”

这回，纪未溪犹豫了，她脑中闪过无数个答案，父母？还是或许他背着她谈过某个初恋？难道是周周？

最终纪未溪还是没想出来，主持人看了一眼双方的白板，笑着说“很抱歉，这一轮没能答对。”

纪未溪好奇地看向周晋写的内容，只见他朝她挑眉，板子上明晃晃写了三个大字 ——

“纪未溪。”

尽管最后一题没有答对，纪未溪和周晋还有周周还是凭借着前面比赛的好成绩，拿了冠军。

最后，纪未溪兴奋地跑上台领回那个神秘大奖时，主持人笑眯眯递给她一张卡。

“这是我们主办方赠送的婚纱照终生免费卡，凭此卡您可以在以后补拍结婚照，或是拍亲子写真时，全部免费。”

周晋领着周周在台下眼巴巴地看着她手中的卡，纪未溪欲哭无泪，觉得自己果然是掉进了一个大坑，还是爬不出来的那种！

♡+♡=04

从一开始对周周的抗拒到接受他纪未溪只花了一天，因为周周长得实在是冰雪可爱，像一个粉粉嫩嫩的小团子。从她妈口中了解到这孩子没人照顾后，纪未溪便更加自然地产生了一股母性光辉。

后来她更是亲自给小团子洗澡喂饭，亲亲抱抱，晚上还遵循国际惯例讲睡前故事。

有了慈母自然少不了严父，周晋义正词严道：“教育孩子要双管齐下，慈母多败儿，虎父无犬子。”

纪未溪给周周喂饭时，周晋伸出脑袋叼住了纪未溪手中的勺子，笑眯眯地说："他这个年纪应该学会自己吃饭，而我们这个年纪的男人应该被照顾一下童心。"

纪未溪给周周洗澡时，周晋悠然自得地围着一条浴巾闯了进来，说："男人要跟男人一起洗"，纪未溪翻了个白眼，把周周的小黄鸭甩到他身上，落荒而逃。

周周鼓着脸抗议："我就要妈妈给我洗！"

周晋冷哼一声："你想得美。"

到了晚上，纪未溪坐在床前给周周讲故事，讲到小白兔幸福地生活在森林里时，周周眨巴着大眼睛说："爸爸说大灰狼已经把兔子吃掉了，大灰狼是森林里最厉害的。"

纪未溪找到周晋，痛斥了他乱改童话故事的行为，会给孩子带来阴影，而周晋认为孩子长大了不能总听童话故事。

两人的教育理念产生了极大的分歧，先是周晋极力分辩自己的行为并且吐槽了纪未溪太心软。

后是纪未溪忍无可忍道："你怎么当爸爸的你？有你这么吓唬孩子的吗！我这个当妈的就心疼孩子怎么了？"

话一出口，两人一阵诡异的沉默，周晋率先回过味来，强忍着笑意恍然大悟："是是是，都听你的，谁让你是咱孩子他妈呢。"

纪未溪也品出了自己刚才那句话，带着的过分亲昵和熟稔，张了张嘴，愣在原地。

周晋已经回到了自己的房间，话里掩饰不住的笑意道："孩儿他妈，晚安。"

♡+♡=05

这天纪未溪要去上课，周周一反常态地粘人，哭着喊着要跟她一起，纪未溪没办法，只好把他带上。

片刻后，宁大论坛又挂起了一条热门帖，标题叫《周纪夫妇携子上课》。

新闻系的一节公开课，教室里几百人盯着纪未溪堂而皇之地抱着她的儿子走了进来。

周周长得可爱，上课期间一直有人忍不住逗他玩，可惜这小团子不太理人，小大人似的皱着一张脸。

纪未溪去洗手间期间，一旁的几个女生就拥上来捏他的脸，其中一个问："小团子怎么看上去不太开心？"

周周啃着胖乎乎的手说："因为爸爸妈妈好像不开心。"

女生眼睛里燃起了八卦之火，赶紧追问道："不开心？难道是他们吵架了？"

"嗯！所以周周也不开心……"周周泫然欲泣。

女生们手忙脚乱地哄着他，其中一个自告奋勇给周周出主意，一大一小叽里咕噜咬了一会儿耳朵，不一会儿，周周就笑了起来，"吧唧"抱住女生的脸亲了一口。

晚上，纪未溪还在和周晋冷战，实际上是她单方面感到不好意思，想到昨晚自己说出的话就羞耻到不行，以至于面上表现得冷淡，周晋路过她旁边时，她还是忍不住翻了个白眼。

周周这个小胖团子却一反常态，晚上也不肯吃饭了，紧紧闭着嘴巴，只是用那一双泛着泪光的眼睛盯着他们。

纪妈周爸慌了，孩子不吃饭可咋整？两人都没应付过这种场面。

“都怪你，肯定是你昨天讲大灰狼把他吓到了！”

“前天带他一起看恐怖片的不是你？”

“严父？我呸！”

“慈母？呵呵。”

周周盯着斗嘴斗得不亦乐乎的两人，突然放声大哭，边哭还边打嗝。

纪未溪和周晋被这阵仗吓了一跳，手忙脚乱地给他擦眼泪，周晋戳着他的小脑袋问：“周周为什么哭？”

“因为呜呜呜……爸爸和妈妈吵架……”

纪未溪连忙摆手道：“不吵了我们不吵了！”周晋也附议地点头。

“我不相信！”小团子弱弱道。

“除非你们亲亲，我看电视上的爸爸妈妈和好了都亲亲的……”

纪未溪僵硬了，周晋笑了，心中暗道不愧是我的好儿子。

见他们还没有行动，小团子再次发挥了自己的演技，嘴一张就要哭。纪未溪大喊：“别哭！我们亲！”

纪未溪小声威胁周晋注意分寸，周晋不说话，似乎很苦恼的样子：“这可是我的初吻，我不能这么随便……”

纪未溪愤怒了：“哦，那抱歉了，你现在没有初吻了。”说完，她抓住周纪的衣领便亲了上去。

一瞬间，温热的气息洒在纪未溪的脸上，两个人的心都在彼此不知道的情况下疯狂跳动着。等纪未溪反应过来想要推开周晋，周晋的嘴角扬起一抹好看的弧度，趁着纪未溪愣神之际，紧紧揽住她的腰，加深了这个吻。

小团子乐呵呵地看着这一幕，拍着手“咯咯”笑起来，小姐姐教的方法果然没错，爸爸妈妈现在看上去好开心的样子啊。

而纪未溪脸涨得通红，自觉无颜面对自己儿子了，连周晋都没来得及教训就钻进了房间里。

后来，把周周哄睡着之后，周晋轻手轻脚走到纪未溪房门前，敲了敲门，没人回应，但他知道她没睡着。

纪未溪死死抵住门，生怕他闯进来，而门外他轻笑了一声道：“溪溪，其实我从小就认定了你是我媳妇儿，也一定是我未来孩子的妈妈，所以，不用害羞。”

不用害羞，我只是提早行使一下权利罢了。

门内没有声音，周晋却心情极好地离开了，只剩纪未溪还抵在门后，内心早已翻江倒海并且尖叫了一万遍。

♡+♡=06

纪未溪觉得，周晋的脑袋一定是被驴踢了，要不然怎么会跟她表白！自从周晋说出那番不是表白胜似表白的话之后，纪未溪的心彻底被扰乱了，总觉得和周晋之间多了点什么，让她面对他的时候浑身不自在。

周晋却变得更加自觉了，路上有人调侃道：“周男神又带孩子来上课啊。”周晋淡定地点头，顺道让周周跟人打招呼，活像老父亲让儿子见长辈的情形。

论坛帖子早已满天飞，从一开始的疯狂到后来习以为常，以前石沉大海的“周纪”CP被人刷了起来，趋势朝着祝福周晋和纪未溪从相爱相杀走向人生大和谐发展，可总有一些冒出来的别样的声音，扰了周晋刷论坛的兴致。

一个匿名用户发了条帖子,大意是要石锤周晋和纪未溪并不相爱，连孩子也是假的。

一番话说得有理有据，还扯出陈年旧事表明周晋和纪未溪并没有关系，让一些人也开始产生怀疑，所以孩子其实不是真的，周晋和纪未溪还是天敌?

这个帖子被一些爱看热闹的人顶了上去，跟“周纪”CP的帖子并排在一起。更让路人兴奋的是，开贴人居然放话，要在即将到来的新生联谊会上，追到自己心仪已久的女神纪未溪!

路人沸腾起来，周晋脸黑了。而纪未溪本人并不知道这件事，因为她作为学生会部长，正在忙着手准备联谊会策划。

这次的新生联谊会不仅有大一新生会参加，一些学长学姐也会来凑凑热闹，想要借机告白的人不在少数。

联谊会还挂上了条木板，明晃晃写着“非单身不得入内”。而纪未溪因为是策划，也被部员们拉来参加，看见牌子的时候居然心虚了一下——她想到周晋了。

周晋要是知道了不会又气得炸毛吧?纪未溪想到他跳脚的样子，心里一阵好笑。

联谊会按照事先安排的流程下去，不一会儿就到了表演环节，一个高大的男生率先走了上去，举着话筒自信地唱完一首歌，而后环视了一下四周，抑扬顿挫道："今天！我想对我心仪了很久的一个女生告白！"

台下欢呼，口哨声此起彼伏。

"纪未溪！我喜欢你！"

台下凝固住，包括打算看好戏的纪未溪。只有几个没反应过来的，稀稀拉拉鼓着掌。

"溪溪，你可是有家室的人，怎么能在这儿呢？"一个阴恻恻的声音响起，周晋面上微笑着，可大家却感受到一股寒气扑面而来。

他迈着大长腿朝纪未溪走来，气场十足，握住了她的手，熟悉又亲密。纪未溪不自在地挣了挣，手中的力度却更紧了，她只好任由他牵着。

"周晋！你别胡说了，未溪她根本就不喜欢你，不然她怎么会来联谊会？"

台上的男生不知死活，像是看不见台下的暗潮汹涌。

"哦，你谁啊？"周晋这才舍得分一丁点眼神给他，轻飘飘一句反问，杀伤力十足。

周围的人笑起来："我是纪未溪的追求者！我喜欢她，你又是她的谁？"

周晋再不去理会那人，而是扶着尴尬到一直拼命低头的纪未溪的肩膀，说："纪未溪，告诉他，我是你的谁？"

纪未溪看见他眸里闪动着认真的光，一时间愣住了，周晋就在她眼前，她深知自己不可能说出任何拒绝的话。

可是让她在大庭广众之下承认自己喜欢周晋这种事情什么的，也太难为情了吧！

纪未溪讷讷的，脸有些红，没有回答他，而台上的男生见状，得意地喊道："看吧！纪未溪根本就没承认你！"

声音通过话筒清晰地传进周晋耳朵里，明知这是一个无关紧要的人，可这句话还是让他心脏莫名紧缩。是啊，他一直不敢承认，那个人说中了他最害怕的事情。

就在纪未溪内心挣扎着要说出来的时候，周晋却松开手，脸上没有表情，看不出喜怒。

"好好玩，别理不三不四的人。"

他留下这么一句话，转身离开了，全然不见平常那副不正经的样子。纪未溪心道不妙，而那个她的追求者还在不管不顾地喊着："纪未溪，我喜欢你"

纪未溪两三步走上台，夺过他的话筒，盯着他说："不好意思，我男朋友不希望我理一些不三不四的人。"

♡+♡=07

已经过了两天，周晋还是没有回家，只是打电话告诉纪未溪学校有事要在宿舍住，纪未溪抱着小团子待在家里，觉得自己和周周活像一对孤儿寡母。

纪未溪早就偷偷暗示了周晋的几个死党，一有什么风吹草动就通知她，紧接着手机便收到如下几条消息：

"报告嫂子，他睡了一天。"

“现在在打游戏。”

“心情看上去不太好。”

“又接着睡了。”

周晋果然是在躲着自己！不就是没承认他吗？不就是晚说了那么几秒吗？她也会害羞的哎！

手机又亮了起来，纪未溪拿起来看了一眼，差点从沙发上跳起来：“速来学校，晚来一分钟，你将失去一个男朋友，周周将多一个后妈。”

自联谊会事件过后，有人绘声绘色描述了当天的场景，而不知怎的，就流传出来了一个山寨版本——当天某男生大胆告白纪未溪，周晋痛失所爱，头也不回地离开了。

于是，听到传言的一些女生，蠢蠢欲动了。

就在这一天，周晋“离家”出走的第二天，一个穿白色裙子的女生追到了男生宿舍楼底。

女生很是用心，抱了一把吉他，四周摆满了浪漫的鲜花，坐在椅子上唱了一首情歌。

周晋被围堵在中间，只见那女生含情脉脉道：“周学长，我喜欢你很久了。

“我知道你被抛弃之后很难过，但我会帮你抚平创伤的！

“我也很喜欢小孩子，所以我不介意你的孩子，我会跟你一起好好照顾他……”

而周晋懒懒站在那里，目光不住地朝四周搜索，锁定一个方向后，嘴角勾起一抹微笑。

“其实吧，我觉得，你的提议实在不错……”

女生眼睛“噌”的一下亮起来，周围的人群却突然散开。

“你长得也不赖……”

女生脸红起来，周围的人群已经被另一处吸引。

“但是……”

周晋突然看向她身后，眼睛里只装满了另一个人，与此同时，一道声音响起。

“喂，没看见他儿子和他老婆就在这儿吗？你想取代谁？”

纪未溪抱着周周，淡定地站进了人群中间，周周还给力地喊了一句：“周周不要后妈！”

女生的脸气得一阵青一阵白，灰溜溜地站到了一边。

这场景出乎意料的熟悉，上一次，是周晋破坏了别人对她的表白，这一次，终于轮到他的女孩来承认她对他的专属权了。

这场表白的女主角换了人，外加了一个孩子。周晋搂住纪未溪的腰，接着说他未说完的话

“但是，我有老婆了啊。”一脸无辜的样子，很是欠揍。

这次，论坛的男女主终于亲口承认了两人的关系，为此，论坛后来换了一周的大红色版面，说是全校 CP 粉的一点心意。

周晋很满意，纪未溪也很满意，周周煞有其事地点点头表示认可。

♡+♡=08

正式确定关系后，纪未溪发现自己和周晋之间的相处并没有预想

中的尴尬或是不自在，而是像生活了多年的老夫老妻。

唯一有变化的就是，周晋更加放肆了，明目张胆地粘人、吃醋，还是吃周周的醋。从周周那里抢走一个吻后，周晋满意的抱着纪未溪，极其霸道地宣布。

“以后不许亲周周，你之前亲了他那么多次，要把欠我的都补回来！”

“你知不知羞，孩子的醋你也吃？”

“当然，你都不知道，刚开始的时候我有多羡慕这小子。”

纪未溪被撩得心弦一动，心里溢出丝丝的甜。

其实，大概从来都没有周晋所谓的单向暗恋，这场心动，原来她也早就参与其中。

年少懵懂时，周晋第一次和她见面，就笑眯眯地说：“原来你就是我的小媳妇儿呀。”纪未溪被这轻佻的话气到了，直接给了他一拳。

再到后来，他们的命运开始相交，也许早在还未察觉的时候，隐秘的情愫就已悄悄萌芽了。

遇到问题第一个找他，轻易地妥协搬去跟他一起住，被小团子半推半就的一场亲吻，她早就是心甘情愿的。

“一家三口”的日子过得很是幸福，可好景不长，一个月后，周周的父母办完事回来了，纪未溪的老妈一个电话打来，传达了要接周周回去的消息。

在机场分别那一天，周周抱着纪未溪不肯撒手，纪未溪也扯着周周的小衣服不肯撒手，娘俩哭得天昏地暗，过路人不知道的还真以为这是一对年轻母子。

相处了这么久，纪未溪和周晋都对这个半路来的小团子产生了极深的感情，更何况周周还算是他们之间能够在一起的小红线。分别之时，纪未溪跟小团子拉钩约定好放暑假一定会去看他。

后来小团子被人带着离开了，纪未溪忍不住又扑向周晋怀里哭了一通，周晋心疼地拍着她的背，怀里的人哭得一抽一抽的。

“没事的，儿子还会有。”

“怎么可能！周周总归还是要回到他爸爸妈妈那里的！”

“我带你再生一个不就好了。”

END

没想放过她

文/绿蜡
蜂蜜柚子那样甜的。微博 @ 绿蜡的本尊

01

秦戈修道三百余年，堂堂镇关大将，头一次栽得这么惨。

她巡查疆域，发现平静多年的魔渊魔气翻腾，便下去一探，不慎被冲上来的至毒魔气击中。只好用金丹将毒镇在心脉之外，撑着半条命回秦家找解毒的办法。

家中长老拉长脸骂：“也是三百多岁的人，还镇守一关，居然如此不谨慎。若叫人知道，可笑不可笑？”

秦戈嬉皮笑脸道：“天地阴阳，有毒就有解，怎么就无药可医了？老头子不要装腔，赶紧把秘法给我。”

“从魔渊底冲上来的至毒魔气非同寻常，若非如此，你自己早解了毒，何必来找我？”

说完，迎面丢出一本半残的古书，上面的歪歪扭扭的古隶体写着：“素心兰长于魔渊底，其香可作药引。”

秦戈遗憾极了，魔渊深不可测，从未听说有人下过底，又怎么取香？只怕还没取到香，就被魔气毒死了。

果然同无药可医差不多。

她将书丢回去：“那你们赶紧重新找个人镇守北门关，别让里面的魔物闯进了关。”

“你呢？”长老冷眉冷眼地问她。

“找个山青水秀的好地方，等死去！”

“好歹是有名号的道君，就这么不想活了？”

“活也好，死也行，也没什么可遗憾的。”

长老怒其不争，抓着她将魔气探了个底朝天，之后又耗费心血算了许久的卦。

“也不是全无生机，端看你如何把握。”

“怎么做？”秦戈有点激动，活总比死好。

长老递出一张崭新的入学函：“去鸿蒙学馆，重新读书，那处有些机缘！”

秦戈听说过那学馆，占了偌大一片山脉，广收三界六道内的学生，人妖仙同堂学习，十分有趣。

可她已经是三百多岁的老人家了，怎么能跟一群小屁孩做同学？

没面子，不去！

然而，她脾气没耍成，被打晕后连夜送去了学馆。

02

秦戈的同桌是个仙二代，右手隔走道是株鬼藤，前面是条蛇，后面坐了个瑟瑟发抖的凡人。

鬼藤恐吓那个凡人，要吃了他。

蛇则张着巨口说："不要害怕，现在是文明时代，妖也不能乱吃东西。"

凡人差点吓哭了，完全没有被安慰到，只眼巴巴地看着仙二代求助。

那个仙二代一脸拒绝："不要找我，神仙也不天天主持公道。"

至于授课先生，站在讲台上，笑眯眯地看着他们，仿佛在看一群低龄儿童。

真是美好的地方，适合等死。

可不能没规矩啊！

秦戈摸出自己的长枪，比在鬼藤喉咙上："闭嘴！"

枪由万年寒铁制成，通体乌黑，浸染了不知多少魔物的鲜血，煞气冲天。

鬼藤欺软怕硬，立刻收声。

她又转身，冲着那要哭不哭的凡人说："是男人就不要轻易流泪，再哭把你丢出去。"

凡人眼里的泪更汹涌了，完全没有被拯救的感觉。

蛇君转头对秦戈道："秦大将，莫要凶神恶煞，凡人是经不起吓的。"

"你认识我？那就好办了！以后我周围的秩序你来维护，不要恃强凌弱，也别烂泥扶不上墙，懂？”

蛇君点头，有些荣幸的样子。

事情解决，秦戈收枪。

仙二代抓出一把松子递给她，笑眯眯问：“要不要吃？”

秦戈看看他，肤白胜雪，双目澄澈，一副不染红尘的纯洁模样。

跟她这种风吹日晒的粗人不是同一个世界的。

仙二代将松子放她面前：“蛇君叫你秦大将，你是哪里的镇关大将？好好的关口不守，怎么跑来学馆读书了？还挺爱管闲事。”

“你呢？叫什么名字？哪位仙君的后人？人家求到跟前也不出手，反而看热闹？”

仙二代笑得眯起眼睛：“我叫白子君，虽然是个仙，但从来不做烂好人。”

秦戈不惯他脾气，冷冷道：“秦戈，前殷墟北门关镇关大将，最看不惯袖手旁观之徒。”

开学第一天，同桌势如水火。

03

秦戈既来学馆，就认认真真做个学生，顺便将自己的忧心之事办了。

她修道小成后，在万人筛选中过关斩将，又干了一百年预备大将才接下上一任的班。

可才过区区二百年，世道便不一样了，北门关招新士兵居然收不够人。

这样实在太不妙，参加的人少，是挑不出资质好的预备人选的。

因此，她决定在学馆内多拉些储备人才回去，于是在教学楼门口扯了个巨大的广告牌招兵买马。

想做英雄吗？

想成为救世主吗？

想被万民景仰吗？

那就来镇关社团，努力训练，成为镇关大将吧！

秦戈穿上整套战甲，威风凛凛地站在广告牌前，抱胸等人来。

可惜人来人往，看的多，问的少，更不用说报名。

白子君路过，站在广告牌前端详许久，微笑着离开。

白子君再路过，又在站广告牌前端详许久，摇头叹气地离开。

白子君还路过，再站在广告牌前端详更久，没等离开就被秦戈抓住了。

“你什么意思？”她拽着他衣领问，“有话直说，少装模作样。”

跟魔物打交道久了，脾气也直爽，不服就是干。

白子君拍开她的手："秦大将，现在都什么年代了，你土不土啊？"

“土？”秦戈上下打量广告牌，“画是请咱们佘先生画的，字是莲先生写的，这么有气魄的作品，哪里土了？”

两位先生俱是学馆里授课的大先生，书画造诣高得很。

“不是字画的问题，是内容。”白子君似有些嫌弃，“老家伙们才说什么天下苍生，三界六道，殉道而亡，可咱们年轻人不爱听。”

秦戈眯了眯眼，听到问题的关键了：“你们年轻人？年轻人喜欢什么？我该怎么做？”

白子君摊手：“我可不管闲事。”

04

秦戈决定和白子君冰释前嫌，虚心求教。

有求于人，姿态就要低些。

“喝水吗？我帮你倒。”她殷勤地问白子君。

“课本是不是太重了？我帮你拿书包啊！”她抢了白子君的书包。

白子君面无表情地看她，她笑嘻嘻道：“别谢，同班又是同桌，顺手的事。”

他嗤笑一声，抓出松子来嗑。

秦戈马上给一粒粒剥好，凑成一大把讨好地送给人家。

做得太过，引人侧目。

鬼藤一脸崇敬地看白子君，显然想知道他是用什么办法收服煞神的。

蛇君就有些崩溃了，一脸不可能的模样，拉着自己的同桌再三重复秦戈灭魔的英雄事迹。

只有那个胆小的凡人叶天，一针见血地问：“秦戈，你想白子君帮你忙？”

白子君一脸“孺子可教”的模样：“对，她想用我才这样卑躬屈膝。要用不上了，马上会将我丢到天边去。”

秦戈夸张地喊起来：“怎么可能？我是那样的人吗？北门关数千守关将士，谁不知我秦大将仁义守信？”

“帮什么忙？”叶天又问。

秦戈发现了叶天的好处，胆子是小点儿，但机灵啊！人家帮她打配合，打得多好！

她马上掏出广告牌：“白子君说这个写得不好，你们觉得呢？”

一人二妖凑过来看，连连摇头，没看出有什么不对。

秦戈有点丧：“我一个人都没招到，这会儿正求白仙君指点呢！”

白子君没兴趣，抓起松子仁，悠然地吃着走了。

秦戈将广告牌收起来，屁颠屁颠跟过去：“子君，还想吃点什么？我知道二食堂的素食特别棒，要不要去试试？”

蛇君挫败地哀号：“秦大将怎么可能是这个样子？”

叶天却道：“她可聪明了，想做什么就不择手段去做。天长日久，白子君吃人嘴软，拿人手短，能不帮忙？”

鬼藤恍然大悟，点头道：“还是人族狡诈！”

05

白子君当然知道秦戈打的什么主意。

三清天之上的神和仙大多喜爱洁净，性情逍遥，并不爱乱纷纷的三清天和人间，因此出没得少。

少且珍贵，还心慈，很容易被惦记；一被惦记，就中圈套，然后做多余之事。

神还罢了，本身有职务，行使权限便好。

他这样的天生仙人最麻烦，因诞生在三清天上，是世间最仁慈洁净的生灵；太仁慈心软，易中奸计，吃过亏的前辈不计其数；太洁净，挡不住人间的贪嗔痴和魔域的魔气污染，因此堕落的也不在少数。

来鸿蒙学馆读书，许多前辈特意关照："千万不要多管闲事。"

个个都有切肤之痛啊！

白子君记得挺牢的，可谁知道多嘴了几句，就被秦戈缠上了呢？

后悔啊！

不能再给建议了，否则，以她打蛇随棍上的脾性，必然会扭着他去执行，最后他莫名其妙被她驱使。

得躲。

奈何秦戈是实实在在的镇关大将，跟魔物斗智斗勇二百年，有的是办法堵他。

在教室，听课之外的事，被她包办了；去食堂，她以他的名义在各个窗口存了大笔餐费，但凡他去，卖饭的阿姨永远不收钱；跑荒野里吸收日月精华，呵呵，简直撞人家手里了——以灵气变化来寻人寻物，是镇关大将的看家本领。

只有在宿舍能稍微清净些。

可秦戈脸皮厚啊，干得出闯男舍的事。

白子君百思不得其解，秦戈是不是修了什么分身术，竟然能将盯他和做班长的事都干了。

对，秦戈是班长。

这人除了烂好心、做社团之外还爱管闲事。

因班上她年纪最大，做惯了领导，还十分有威严，因此授课先生叫她管理一群中二少年。

她乐呵呵地接了活儿，管束小妖们不要恐吓凡人，教导凡人们各种三清天的知识。

那模样实在不能入眼。

白子君暗暗告诫自己，千万不要心软，千万不要管闲事，否则仙界之灵混成保姆也就分分钟的事。

最可气的是流言。

秦戈闯了几次男舍抓他上课后，同寝的人问："子君，秦大将是不是在追求你？"

"没有的事。"白子君冷冰冰回答。

"怎么可能？她对你可太好了！"

"她对谁都那样，叶天那种胆小鬼她也帮，你也不是没瞧见。"

"她给你做作业。"

"鬼藤的她也做。"

"她帮你拿书包！"

"蛇君的书包她也背。"

"她包了你伙食费。"

"她也经常请全班吃烤肉。"

"她来宿舍叫你起床。"

“也顺便叫你了。”

同寝人幽幽道：“可别人她都只帮一样，你是全部！”

白子君冷笑：“那可真是太不妙了，她想用温水煮我这只青蛙呢！你告诉她，没门！”

人人都能有的，有什么稀奇？

摔门而去。

同寝的莫名其妙：“你们俩闹矛盾，关我什么事？”

06

秦戈擅长打猎，特别是猎魔物。

魔物狡诈，藏在浓厚的魔气中，悄然来去，行踪诡秘。

她能隐在山石下屏气凝神一个月，只为等它们一个影子，然后如附骨之疽一般纠缠着，直到将之灭杀。

人送外号：甩不脱。

现在，白子君被她盯上了，那就绝对不可能甩得脱。

她看似无厘头的纠缠，其实已经摸清了他的脾性。他确实是一位不记仇的小仙君，纵然冷言冷语，故意摆出不多管闲事的模样，其实脾气好到爆炸。

不管她的试探多么过分，不管被打扰得多严重，从来不出恶言，绝对不会反击，更不提什么阴谋诡计，简直纯良到极点。

用秦家长老的话说，她跟白子君比，就是个老流氓。

可怎么办呢？

秦戈对上白子君清亮的眼睛，看着他不染尘土的模样，就想将他拽下云端来揉捏一翻。

于是，她毫不客气地安排全班去殷墟北门关参观实习。

“总要了解镇关士兵平时做什么，才会有兴趣。”秦戈笑眯眯地坐白子君身边，看着云舟之下逐渐荒凉的群山，“快到地方了。”

就不信事到临头了，他还能将嘴闭上。

白子君目不斜视：“真是无妄之灾，多嘴两句，就被你缠得要死。可你要做什么心里有数得很，又何必硬拉着我？”

秦戈摸摸下巴，想了很久道：“开学第一天，我管叶天的闲事，你主动给了我一把松子。我当时就想，你应该很欣赏我这个人的品质。”

她露出一个灿烂的笑：“对不对？”

07

秦戈向众人显摆殷墟北门关，得意扬扬地问：“横贯千里，高逾万仞，是不是很雄壮？”

全都挤去船边上，哇哇哇地惊叹。

特别是凡人叶天，带了一种叫手机的东西，能拍出百分百拟真的图片。

东西不稀奇，但是应景又能用得上，令他瞬间在班级里的热度飙升几十个百分点，人全围他身边了。

没人理秦戈，她稍微有点失落。

白子君瞥她一眼，暗骂一声白痴。

秦戈心理素质超强，完全没受伤的感觉。

小崽子们不理她也行，只要被震慑住就好。

于是又驾着云舟往关口上的巡逻队飞去，那些队员早接到通知，个个全副武装，打扮得帅气逼人。

她挑着个高好看的问：“长得帅不帅啊？”

这回有人理她了，不约而同地喊：“帅”。

还有那种胆大的学生，冲队员打嘘哨，惹得队员们怒目相视。

秦戈摸了摸鼻子，叫以往的下属们忍耐——忍吧，还都是小屁孩呢，不懂事得很。

既然人都拖来了，气氛也搞得很热烈，就不能不显大招了啊。

秦戈将云舟驾去靠近魔域的南边，悬在乌蒙蒙的天空上。

学生们知道魔物，在课本上也见过，实践课的时候还摸过标本。可假的就是假的，死的毕竟没活的真实，当真亲眼所见，个个瞪大了眼睛往下看。

戈壁沙地上，密密麻麻的，缓缓蠕动的，无边无际的魔物如同海洋一般。

这回就不仅仅是拍照了，还有真心的赞叹。

白子君却跟别人不同，稍微往后面躲了躲。

秦戈站他边上问：“怕啊？别怕，我守着呢，魔气一分也污不了你。”

天生仙人太过洁净，显然不适应这样的环境。

白子君想说她这样做根本没用，别说吸引人来做守关将士，只怕会将人全吓走。

可他得谨守不管闲事的戒律，只能将嘴巴闭得死紧。

秦戈仿佛看穿一般，笑一声，给他设了个小小的结界，将魔气全挡在外面。

“小恩小惠，以为这样就能收买人心？”白子君很不痛快地将结界挥开，自己重新设置一个。

“小仙君这就多心了，单纯对你好而已。”秦戈油嘴滑舌，“要不要我将心掏出来给你看啊？”

白子君做不出翻白眼的事，将头偏向别的地方去了。

秦戈也不在意，见船上气氛持续热烈，以为这次必然是中了年轻人的心。

她冲下面潜在魔物群里自己亲手训出来的士兵挥手——让学馆里娇生惯养的小崽子们瞧瞧，什么才是真正的帅！

手起，茫茫魔物的海洋中突然冒出一队穿黑甲的高大士兵，一个个手执长枪，枪尖所向之处群魔奔逃。

学生们毫无意识地“哇”了一声，更加鼓噪起来。

秦戈笑得更开心了，手落，那些士兵的长枪开始舞动起来，化成光又织成网，毫不留情地扑向魔群，将之四分五裂。

尸块散落，热血飞溅，她砍瓜切菜一般。

她满意地点点头，自己走了几个月，他们的训练也没生疏。

然而，云舟上的欢呼声逐渐变小，最后一个个面色惨白，还有人趴在船边呕吐起来。

不对劲啊！

这么帅气的事，怕什么？

秦戈不死心地问一句：“斩魔守土，帅不帅啊？”

蛇君趴在她脚下，奄奄一息地回：“秦大将，你也没必要一下子上这么血腥的，都被吓死了还怎么帅？”

血腥？

秦戈摸了摸下巴：“杀小魔就算血腥了？那要遇上大魔物，全队人被杀得只剩自己，怎么算？”

白子君终于绝望地开口：“秦戈，你闭嘴吧！”

没见满船人皆瑟瑟发抖了吗？

成事不足，败事有余的东西！

08

秦戈的招人之旅，彻底失败。

当天晚上的洗尘宴，没几个学生敢吃，都躲在关上的房间里啃干粮。

还有人问：“什么时候回学馆？”

想想啊，外面那些士兵，个个杀魔不眨眼，长得帅又怎么样？

只有不怕死的才敢去撩！

老部下对着荒凉的宴会厅冲秦戈抱怨：“白费咱们一套新甲，还搔首弄姿半天，结果一个胆儿肥的崽子也没收到。”

亏本的买卖。

秦戈也不是没想过这结果，打击不是很大，反问："那渊底的魔气还在翻涌吗？"

老部下点头："大将走后，咱们不敢像你那般太过接近，只远远地守着。不仅在翻，还越来越厉害了。"

魔渊有变，恐有灾祸。

消息已经报上去了，但上面人还没拿出具体的措施来，只叫他们循例盯着。

那样厉害的魔渊活起来，只盯着有什么用?

当然要尽快处理才好。

秦戈不满老头子们慢吞吞的速度和上头人的官僚作风，虽被丢去鸿蒙学馆读书，也要变着花样地帮忙招揽人手，做战争准备。

她抓了抓头发，冲老部下支一支下巴："看这场景，恐怕给他们的刺激不太够啊，不如再搞搞？"

老部下有些犹豫："大将，你那些同学大多数是寻常的凡人和小妖，得罪也就得罪了。偏有个天生仙人，要当真惹恼他，就不好了吧？"

秦戈混账一笑："要的就是惹恼他，让他主动管个闲事造个因果，说不定就能扯下来许多三清天之上的仙君关注魔渊，事情岂不好解决了？"

如此胆大包天，果然是将才。

不，老流氓!

白子君在北门关待得不舒服，给自己设了一层结界不够，连搞三层。

可脚下的城墙，城墙上的每一片伤疤，都带着凛冽的杀气。

那些无形无质的东西不是结界能挡得住的，直冲得他浑身疼痛。

睡不着。

他推开窗户，连天上挂的月亮也是血红色。

正烦躁间，远处突然传来一声令人战栗的魔物吼叫之声，紧接着是刺耳的警铃声。

有士兵在吼：“一级戒备，一级戒备！”

白子君实在坐不住，跑出房间，却见许多同学跟他一脸茫然地站在走廊。

“怎么回事？”他问。

鬼藤缩在蛇君背后，颤巍巍地指着天上：“他们说，有大魔袭城。不，不是袭城，是绕过关口，往旁边攻进三清天里去了。”

白子君回头，果见一个巨大的黑影从红月上落下来，用力地撞击魔域和三清天之间的结界，激起一阵阵的涟漪。

更可怕的是，那处结界下方居然有一个小村落，村中人已被惊醒，尖叫着四散逃窜。

“秦戈呢？”白子君问。

秦戈从走廊尽头走出来，身上穿着赤红色的战甲，长发高高地束在脑后，手里的黑色玄铁长枪重逾千斤。

她脸上带着满不在乎的笑："醒了？都醒了？怕呢？小脸白着呢？还抖？抖什么？有我秦大将在，你们就别怕啊。区区大魔，挡不住我一枪，不知杀多少头了。"

旁边有个副将劝道："那是以前。现在你魔毒未清，只靠金丹压着。要打起来动了真力，魔毒入心怎么办？"

秦戈抬手阻止他："废话少说，除魔守土是职责，还管什么毒不毒的！走！"

一个走字，扬长而去，只有披风的影子留在空中。

白子君跟着跑出去，外面已经聚集了上百的士兵和骑兽。

秦戈领着他们，向着大魔的方向飞去，须臾便不见了影子。

他要追过去，却被一巡逻的士兵拦住："仙君，那处不是你该去的地方！"

蛇君也在后面喊："子君，不要乱跑，别给秦大将添乱。"

话音刚落，又是一声狂猛的魔物吼声，整个北门关城墙瑟瑟发抖。

"秦戈中毒了？什么毒？"白子君问那士兵，"有什么毒是镇关大将也解不开的？据我所知，秦家最善医药，该有解毒之法。"

士兵摇头："不是普通的魔毒，是魔渊底翻涌而起的至毒魔气。秦家的长老也没办法，说需得长在魔渊底的素心兰香方可解。可那玩意儿根本不可能有，差不多相当于无药可用。没办法，只好去学馆读书修养，顺便等死。"

"既然如此，她还冲第一个做什么？"

士兵奇怪道："镇关大将是大将，她不冲前头去，难道要小兵开路？”

“她不是卸任了吗？”

“新的大将还没到。”

白子君脸煞白，拳头握紧又松开，原地转了好几圈也没压下胸中的郁气。

蛇君出来，小心翼翼地问：“子君，你怎么了？”

怎么了？

再袖手旁观下去，就要出人命了。

白子君也顾不得什么前辈的告诫和教训，驾起一朵白云，直追过去。

10

秦戈领着人马飞了半天，瞥见后面跟来的白云，笑了。

老部下撇嘴：“可怜的小仙君。”

秦戈不管，将长枪高高举起，大喊一声：“儿郎们，除魔——”

“守土！”

无数人高声应着，然后以恐怖而决绝的姿态直奔那大魔而过。

老部下叹气：“算了，毕竟也是一次正经演习，我也就去了。”

直落下去。

秦戈飘在半空中，略等了等，待那白云快要追上自己才落下去。

不过，不知是不是被故意放进来的大魔牵动，心脏处本被压制的至毒魔气居然蠢蠢欲动。

秦戈忍耐着，飞身挡住大魔的去路。

前方是一双毫无感情的魔兽巨瞳，身后则是万家灯火和无数饱含期盼的求助声。

秦戈一下子活过来，热血又在身体里流窜。

从一开始，她最喜欢的就是能够保护别人的感觉。

于是毫不犹豫地掂着长枪，试了试劲，瞄准那大魔的心脏位置，用力地发射出去。

紧接着，万千部下密雨般的长枪跟随。

可大魔终究是大魔，不是任他们收割的小魔，四肢狂舞之下，打落了大半。

那些落下去的长枪扎破结界，直冲村落而去。

已追近的白子君看清一切，倒抽一口凉气。这一下攻击要挨上了，村子必然化为尘土，哪里还有活物在?

他忍着身上的不舒服，毫不犹豫地挥出一掌。

便见黑沉沉的夜空猛然爆出一团雪白的光，光芒中探出一只修长的手。

那手啊，缓缓地张开，仿佛开在饱浸鲜血的黑土之上的一朵白花，被晨光一照，说不出的美丽纯洁。

守关之人风霜磨砺，日日对着戈壁荒土，虽畅想过三清天内如何繁华，三清天上如何仙气飘然，然终究未亲见过。

此番仙法一出，他们均不由自主被吸引。

特别是秦戈，几乎是被迷惑一般，身不由己地靠拢过去。

可她忘了，越纯净之物越危险。

譬如魔物，最纯粹的至毒魔气才能培育出最强的大魔。那么，从三清天之上最纯洁的仙灵之气中诞生的仙君呢?

她马上就能知道了。

因为那只手以缓慢而优雅的速度张开，完成仙法的那一瞬，整个北门关彻底安静下来。

寂静之中，张牙舞爪的大魔被定住，心脏处莫名爆开一团黑色的血花，紧接着蔓延至头、手、腰腹和全身各处。

血雨漫天，肉骨分离，稀里哗啦。

秦戈还在目眩神迷之中，动作慢了一秒，就要撞上血雨。

她本受魔气困扰，若再被魔血泡上一泡，只怕立刻就要气绝身亡。

幸好老部下跟得紧，将她拽了出去。

她干笑着站稳，抹着额上汗水开始心虚。

毕竟只想让白子君出手管管闲事，可谁知道他伸手就是杀招?

简直神了。

11

白子君一出手，大魔便死，总感觉不对劲。

书上有写，从魔渊诞生的大魔，外皮坚韧，双目如冰，寻常仙法无法将之灭杀。

若要杀，必要出动真君、大妖或天生仙人，方能破开其坚韧的血肉防御。

他刚才情急，虽然用的力气大了点，但绝对只想将它推开而非打死。

怎么就死了?

百思不得其解 ，绕着那片血场转一圈，再观察那些士兵从容的模样，最后居然从村落里传出来热烈的欢呼之声。

仿佛，没人害怕，也无人会伤亡。

白子君心头一动，落到秦戈身前。

秦戈已收了长枪，两手叉腰，一脸兴奋地称赞："白子君，你好厉害。"

可是，眼神为什么闪烁？声音为什么中气不足？还有那种心虚——

他面无表情，只沉静地看着她。

"哈哈哈，实在太帅了。你刚把手伸出来，整个天都亮了，你知道不——"秦戈没说完，喷出一口黑血。她用力咽下去，又道："哇，幸好你来得快，不然我就惨了。

"我身上这魔毒也不知咋回事，金丹有点压不住了。不行，不行，我要找个地方运气修行，否则定要身死道消了。"

就要跑。

白子君一伸手，拎住她后颈衣领，冷笑着问旁边早满头大汗的副将：“你们这个演习搞得挺好吧？故意让我知道你身中奇毒？那个村子该是专门给北门关提供武器、粮食和日用物品的吧？是不是还负责配合演习？至于大魔，用活捉的中等魔物秘法催长的？原来的计划是什么？是不是诱我出手后，抬着大魔的尸体回关上展示给同学们看，然后一番鼓舞人心？”

副将干笑，说中了。

秦戈却挤眉弄眼：“碰巧了，都是碰巧了。咱们关隔段时间就演习一回，主要是为了保持战力。”

说完给副将一肘子：“对不对？你说对不对？”

能不对吗？

副将苦着脸点头，就是这样的。

“然后呢？”白子君根本不为所动。

秦戈眨眼：“然后就问他们惊不惊险，刺不刺激，想不想天天这么好玩——”

白子君听不下去了，用力将她砸下去。

须臾听下方猛烈的撞击声，更有烟尘直冲九霄，可见他之气愤到底多么深。

秦戈的副将本能地颤抖，看一眼冷若冰霜的白子君，悄悄往后退了一步。

白子君岂有不知的，他瞥一眼副将，拍拍手上不存在的灰尘，冷声道：“冤有头，债有主，不找你麻烦。”

秦戈是个混账，谎话说得天花乱坠，只不过为了诱他管魔渊之事。

毕竟天生仙人身上带着因果，一旦决定管闲事，必要管到底。

否则，有损修行。

12

秦戈被白子君摔下地，砸出来一个地洞。

她肋骨断了几根不说，再加上魔毒发作，差点一命呜呼。

幸好身上带了长老给的药，不歇气地吞了半把，好不容易才重新将毒控制在心脉之外。

再接骨疗伤，回学馆，已经是一周之后。

全班同学都绕着她走，连一向脾气好的白子君也换座了。

鸿蒙学馆安排座位，有个互相搭配的传统。

仙妖、人仙、人妖、妖道等等，不同种族和门类的结对子，一旦确定轻易不会改。

白子君换座成功，代表他说服了先生们。

可秦戈绝对不允许这样的事发生，她大摇大摆去找白子君的新同桌，就一句话："北门关上那一场，你怕不怕？"

怕，当然是怕的，现在还没回魂呢。

"既然怕，那还不让座？"

立刻滚了。

秦戈又成了白子君的同桌，对他笑得十分献媚："仙君，一切都是误会，给我个解释的机会。”

白子君冷冰冰道：“不用解释，我也不会对你有任何误会。北门关魔渊变动，上报的流程缓慢，你担心错过最好的处理时间，所以一边想办法增兵，一边死拉着我。两手准备，一则希望万全，一则希望走捷径令三清天之上更快注意到北门关。

“我理解，也表示赞同，不过经过此次意外演习，你增兵是不可能了，直接将报告递交三清天之上我可代劳。你不在的这一周，我已经将情况呈报上去了，很快就会有回音。”

好事，也是好消息。

秦戈应该开心的，可她怎么也笑不出来，便胡扯着找话题：“演习后为什么增不到兵了？”

“现在的年轻人跟以前不同，讲的是有趣好玩，不爱那些……”

她懂了，原来自己是老古板，真落后了。

踌躇一番，她看着白子君的冰雪玉容：“你生我气了？”

“秦大将，事情既然解决，你请回吧。”白子君起身，“不要闹得难看。”

秦戈很不甘心地回自己的座位，上课也没办法专心，一直用手撑着下巴，两眼恨不得将白子君的背盯出大洞来。

叶天见她那样，小声道：“北门关被大魔袭击的时候，白子君很担心你，想都没想就冲出去。可他回来后很不开心，不笑，也不理人。你们怎么了？是遇上什么难办的事了吗？”

她换了个两手抱胸的姿势：“叶天，你们年轻人要是被好朋友摆了一道，怎么处理的？道歉？还是干脆打一架？”

"都有，看情况。"

"结果呢？"

"有谅解的，也有老死不相往来的。感情这东西是玄学，一次冲突就是一个分叉点，往左就是皆大欢喜，往右说不定就是悲剧。"

"没有中间路线？"

"那就逐渐成陌路。"叶天胆小，好奇心却不少，"所以，你跟白子君真闹翻了？"

应该也不算吧？

秦戈冥思苦想了好几堂课，等到放学的时候将白子君堵在去食堂的小路上。

"我觉得咱们要再谈谈。"她厚着脸皮。

白子君站得远远的，一点也没有要听的意思。

秦戈感受到拒绝，以往不管她怎么胡闹，他虽然一副拒绝的样子，但绝对不会冷淡。

陌生人，不对，是鄙夷之人才会连个眼神都不多给。

不过，天生强心脏的人是不会就此放弃的。

她走得近些，面对面道："事情应该分开看。我算计你身上的因果，虽然打着魔渊的旗号，但终究是我不对。你要怎么惩罚都可以，我绝无二话。可我之前对你好，也是完全出自真心，绝无一分虚假。仙君，你信我一回可好？"

白子君转身，显然不信。

"那行，我发誓。"秦戈举起右手，郑重道，"我秦戈，以性命保证白子君在处理魔渊一事中的一切安全问题，若有违誓言，永坠——”

“不用了。”白子君的声音有点冷，“你连自己的命都保不了，怎么保别人？”

13

白子君被召唤了。

他呈送的报告有了回音，需得回一次三清天之上。

迎他的是自家兄长，一见面便十分痛心：“不是教你千万不要多管闲事吗？才多长时间，居然被秦家那个甩不脱哄住了。”

“你们都知道她？”

“如何不知，皮厚心黑的秦大将，出名得很。早知她也去学馆，就不叫你去了——”

十足的懊恼和后悔。

白子君反而安慰他：“事已至此，后悔无用。殷墟北门关魔渊的因果既落在我身上，便由我去处理好了。这番叫我回来，是不是要下令牌了？”

兄长点头，给了他一个仙法令牌和许多相关资料。

执此令牌者，可在三清天内征召人选，成立临时的调查小组，彻查魔渊之事。

至于资料，是三清天之上所有关于殷墟白门关那处魔渊的来历。

白子君收了令牌，在回学馆的路上看资料。

上古时期，称为殷的某个时代，有几只凤族大妖争夺领地打起来，打了许多年，将那处打成一片废墟，称为殷墟。

荒芜许多年后，殷墟莫名同魔域相连，上面便建了观察站进行观察，并未设关口。

三百多年前，北门处突然出现一道深不见底的魔渊，无数的大中小魔物从中源源不绝地出来。

那些魔物见活物就吞，举凡猪羊牛狗，或者凡人妖仙，无一放过。造成巨大的伤亡后，临近魔渊的秦姓修士向三清天之上求助，得仙法令牌后征召三清天内数万修士和大妖，才建起现在的北门关。

至于秦戈的来历，仙法图上全展现出来了——垒叠成小山的凡人尸骨里，藏着无数无名的幼童。

救援队在尸骨堆里翻找，一个个抱出来，最终活下来的只她一人。

她那时候只有五六岁，浑身被亲人的热血浸透，只有两只黑白分明的眼睛还能动一动。

最后，秦家收养了她，培养成为北门关的镇关大将。

血月仍在，魔气纵横，秦戈恍若一柄永不生锈的长枪，将北门关守得滴水不漏。

白子君皱了皱眉，白皙的手指在仙法图上戳了戳小秦戈的脸。

以往有多么可怜，现在就有多么可恶。

他卷起袖子，将东西全藏于袖中，驾着云舟往三清天各处大山而去。

14

秦戈成了白子君的跟班。

任劳任怨，随叫随到，给钱给物不说，还倒贴劳动力。

可她开心啊。

白子君袖子里装的，是仙法令牌。白子君逃课去拜访的，是三清天内各大名山，其间自然有无数的道君和大妖。

这证明什么？北门关外的魔渊，有救了！

只这一条，就足够秦戈为白子君死了。

所以，他不理她算什么？他不跟她说话也挺正常！他如果现在叫她去死，她跳下魔渊也没任何迟疑。

“仙君，今天去哪儿？云舟我准备好了，干粮食水一应俱全。你昨日说风大，吹得不舒服，我已在云舟上装了挡风的棚。你去试试可好用？若不好用，咱马上换！”秦戈卑躬屈膝，唯恐哪里没有准备到位。

白子君还是不同她说话，只倨傲地指了指碧梧山的方向——那处是凤族领地。

秦戈脸笑得更灿烂了。

凤族啊，传说中造就殷墟之地的妖神之族，里面活着不知修行了几万年的老妖怪！

“好嘞，马上就去。”

去路迢迢，再好的风景看腻了也无聊。

秦戈把着云舟的行驶方向，不时看白子君一眼。

人端坐舟中，手执古卷，双目微垂，很有些凛然不可侵犯的模样。

活成这样，得多么无趣啊。

秦戈清了清嗓子："仙君想不想听话本？我这里有殷墟战场积存几千年的传说，无事了听听也好玩。"

白子君翻一页书，没有要听的意思。

"这个不感兴趣？那咱们换一个呗，就说北门关和南门关逢十年一次的联合灭魔行动，好不好？"

唧唧呱呱，真说了一路。

待抵达碧梧山的时候，已是掏干了腹中存货。

奈何，千言万语，竟未博得仙君一笑，白子君理也不理她，径直奔山门去了。

秦戈进不得凤族领地，便等在云舟上。

她冥思苦想，最后决定再向叶天请教。

"我和白子君的情况，有点特殊。既没有重修旧好，也没反目成仇，陌路仿佛也不是。你说，该怎么办？"

叶天一针见血："你要是之后不缠着他，那你们两个以后要么就是陌路，要么就是反目成仇。"

"我干吗不理他？"

"你理他干吗？按你的说法，一开始缠他不是为了让他插手魔渊的事吗？现他接手，你目的达到，不是该想办法解至毒魔气活命？"

仙人操守高洁，只要承诺去做的事便一定会做。

因此，秦戈完全没有跟着他的必要了。

秦戈一时被问住了，说不出来话。

叶天笑嘻嘻问："你是不是癞蛤蟆想吃天鹅肉，看上人家了？你那个方法，就不是愧疚，而是心怀鬼胎。可是——”

没有可是。

秦戈捏碎纸鸢，打断叶天的丧气话。

看上就看上呗，喜欢个人，能有多大的事。

15

秦戈搞明白自己的心意，脸皮就更厚了。

之前跟着白子君吧，愧疚占多数，想补偿他。

可之后再对他好，那完全是理所当然的态度，根本就是拿人家当她自己人。

仙君也不叫了，太生分，得叫子君。

吃东西也随意了，一份分两半，你一口我一口也很不错。

而且，白子君怎么那么好呢?

不理她是有原则的，瞪她是好看的，连嫌弃里也带着几分君子的修养。

不征召她参加第一个魔渊调查组，是担心她爱护她。

就连不给她任何好脸色也是亲近，因为只有亲近的人才会肆无忌惮地发脾气。

当真是越看越可爱，都不知该怎么办才好!

于是毅然决然地离开学馆，悄悄跟在调查组后面。

秦戈看家的本领就是跟踪，纵然白子君领着十个有修行的道君和大妖也没发现。

她偷偷摸摸地跟在后面，其实心里有许多不满。

白子君是天生仙人啊，从来最厌恶魔气和污浊之气，怎么可以在最前面领路呢？

那会让他难受死的！

还有那些被征召来的，对她家子君也太随便了吧！为什么不行礼？为什么不称呼仙君？为什么要指使他？还敢嫌弃殷墟远，北门关麻烦！又说什么肯定是镇关大将太差，才被区区魔渊吓怕，将小事搞成大事！

一群混蛋、老油条，肯定是看她家子君年龄小，故意欺负人。

秦戈跟一路，气一路，直到抵达魔渊边上。

那魔渊比最开始发现的时候又大了许多，仿佛一张冲天张开的巨口，里面翻涌着无尽的黑气，不断有各种中小魔物从中喷涌出来。

偶尔，还能看见不知名的大魔物的影子从中掠过。

不能再靠近了，否则必要同她一般被至毒魔气放倒。

幸好白子君感觉灵敏，在魔渊四面做出标记，然后开始布置能将之完全覆盖的超大仙法阵。

此阵具有双重功能，既可释放强大的诱惑力引动魔渊深处的魔气和魔物，又可在关键时候释放超强的仙法灭杀阵中一切生灵。

十位调查组的成员负责布置和守卫环绕魔渊的阵点，最难的阵眼交由白子君负责。

阵眼落在仙法阵的中间，正对魔渊之口，还要尽可能地降落到魔渊深处设置，施法的范围才足够大。

可不知是大魔灵智太强还是魔渊本身具有诱惑性，道君和大妖们设置阵点的时候安静如鸡，偏偏白子君把阵眼往魔渊中央深处放置的时候，魔气开始翻腾。

黑滔如墨，气沉若坠。

铺天盖地，还有大魔冲着白子君张开巨口。

此时十分关键，所有阵点都必须坚若磐石，否则功亏一篑。

可就这样眼睁睁看着白子君遭难?

秦戈顾不得身上蠢蠢欲动的魔毒，从躲藏处闪身出来。

玄铁长枪在手，舞出千万的枪影将魔气压住，冲白子君道：“我帮你开路，你尽管向魔渊下面落。”

白子君手托着阵眼，其头顶被阵眼的光照得雪亮，脚下却是一片晦暗的魔气。黑白交映，竟有种妖异的美感。

他自己不觉得，诧异地问：“你怎么跑来了？”

秦戈看得眼发直，有点呆地回：“子君，你终于肯跟我说话了。”

白子君被气得两颊通红，这是什么地方，她来胡闹！不要命了！

“回去！”他沉下声音，“仙法令牌没有征召你，你立刻回北门关，镇着那些散出去的小魔就行！”

秦戈被吼得回神了，嘿嘿一笑，枪尖瞄准大魔影子的方向：“子君不要怕，我说了保你无事，你就一定无事。”

白子君脸铁青：“勿要多事。”

“那我岂不成了食言之人？”

话落，她冲那大魔奔过去，黑沉沉的枪尖闪耀血光，前方魔气似畏惧起来，竟开出一条路。

奈何越往下，魔气越毒，大魔的气息也越来越浓厚，粗数之下竟超越两位数。

要知道，每当有一头真正的大魔闯关，就够整个关口的将士操劳很长一段时间了。

秦戈心惊，仰头看白子君，却见他除了两眉紧皱地忍耐被魔气冲击的不舒服外，竟没有一丝退却的意思。她不由得意，不愧是她看上的人，那么年轻，还是第一次处理魔渊这样的大事，竟岿然不惧。

如此，她怎么能给他丢脸呢？

竟提起身体里最后一丝力气，就要硬闯。

不想身后突然爆开一团白光，光里冒出的莹白大手将她按向石壁，动也不能动。

白子君面无表情地从她身边掠向魔渊更深处，丢下一句话：“不要碍事。”

秦戈自己拼命无所谓，反正也没找到素心兰做药引子，可白子君千万不能有事。

“这里就可以了。”她冲他背影大喊起来，“上次封锁魔渊，仙法阵也是覆盖到此。子君，万不可冒进！”

白子君有点凉又有点暖的声音从下方传来：“然后不到三百年，又翻腾起来？我既要了结这个因果，自然不能敷衍了事，必要它——”

后面的话听不清，但那意思，竟是要直奔渊底了。

秦戈将白子君扯进来处理魔渊之事，可没要他死！

她红着眼睛将压着胸口魔毒的金丹拿开，从口中喷出。

修行三百多年，只得一颗鸽卵大小的金丹，此乃性命所寄。

若引爆，必能为白子君开出一条血路。

金丹自爆的一瞬间，金光化为一柄利剑直冲魔渊底而去，照亮下方无尽的大魔和魔气之海。

凡触到金光之物，均化为飞尘。

她望向白子君，问他："我帮你照路，你可看清了？"

16

秦戈从不畏惧死亡，可死的滋味也太难受了吧。

肉痛、骨头痛、头痛、喉咙痛，呼吸的时候整个胸口都在痛。

动不了又叫不出，唯有精神在炼狱中煎熬。

她十分想不通，这辈子自己虽然没干什么大事，但也勤勤恳恳地为三界六道除魔守土，怎么死了还要受这样的痛苦？

要说辜负，恐怕也只在白子君那事儿上有点心虚。

可她真心喜欢他，也用命还了债，老天爷没必要帮亲儿子这样折腾人吧？

秦戈闭着眼睛，心里默默念着。

马上让我死。

求求你了。

寂静里一声嗤笑，既凉又冷，还隐约有种狠。

秦戈惊了，谁？连死人也不放过？

黑暗里亮起一点蒙蒙的白光，恍若无边黑夜里飘摇的灯火。

既令人安心，又让人揪心。

秦戈更疑惑了，死都死了，还能双眼视物？她可是自爆了啊，按理说身体半残，再被魔气侵袭，应该是渣都不剩了才对。

难道是魂魄？

可也不对啊，魂魄怎么会有痛感！又怎么感光？

“死？岂不便宜你了？”

光越来越亮，光下竟显出白子君堪比万年寒冰的脸。

他那双辰星般的眼睛恶狠狠地看着她，竟密布无数红血丝。

秦戈先是狂喜，又是绝望，哀号道：子君，你怎么在？难道我自爆没救到你，你也死了？不会吧，白死了——”

话没说完，口鼻耳眼开始流血。

白子君更恨了，只一声：“蠢货，闭嘴！”

也不得不闭嘴了。

秦戈心里逐渐开始有数，她还没死，吊着最后一口气呢！

肯定是白子君救了她。

至于周围，应该是魔渊底了。

白子君设了结界，将无尽魔气和大魔挡在外面，而他身前竟有两样物什。

一样是可起死回生的仙丹！一样是长在岩缝和魔土之中，碧绿修长若少女之态，顶上开了一串浅绿色花朵的素心兰。

秦戈眨了眨眼，素心兰？魔渊底当真有这玩意儿？所以，她得救了？

一想就激动，一激动就又开始喷血。

白子君怒其不争，一手拿着仙丹，一手托着素心兰，骂道："秦戈，你以为死就能抵消骗我因果的债？那未免太便宜你了。

"你得活着，终生为奴为婢，供我驱使——"

秦戈不等他说完，迫不及待道："好。子君，你说什么都对，我全听你的。"

17

秦戈终于又活过来了！

虽然没了金丹，浑身道行也烟消云散，但只要有命在，重新修行又如何。

她依然身披战甲，搬出从前的广告牌立在教学楼前，冲路过的同学宣讲。

"白子君知道吗？"

"仙君啊，那个去殷墟北门关镇魔的仙君！"

“厉害是当然厉害的，一挥手就灭一头大魔，一跺脚魔渊就抖三抖。他把魔渊封住了，大魔绝对出不来。”

“出不来有什么好？”

“当然好了啊！中小魔物一点也不可怕，被北门关的人镇得妥妥的，那边还建了乐园，你要不要试试去打魔物？”

“只要一百灵石，北门关提供装备、向导和贴身保镖，保证你杀得妥妥的。”

“玩，好玩死了。”

“不信我秦戈，还能不信仙君白子君吗？”

白子君路过，秦戈没看见；

白子君再路过，秦戈还是没看见，眉头皱得紧紧的；

白子君又路过，秦戈身边围的人已将她淹没。

白子君十分不痛快地回教室，迈过惊恐万分的各路小妖和一脸崇敬的蛇君，站在自己的老座位前。

座位上坐的人是之前同白子君换座的那位，正一脸茫然。

幸好叶天懂事，拍拍他，然后指指前面的座位。

“换回去，快！”

那人如同得救一般，捧了自己的书包就跑。

白子君瞥了叶天一眼，径直坐下，恍若仙石玉雕般不可亲近亵玩。

直到上课铃响，秦戈拽着俩书包冲进来。

她跑到教室前面找白子君，发现换人后疑惑了一下，再回头，见白子君又做回自己同桌，笑了。

白子君这才跟活过来一般，敲了敲空荡荡的书桌："书包呢？课本呢？课表呢？怎么帮人做事的？"

秦戈亲热地坐过去："不要生气嘛，我给你带了好吃的。"

一包剥好的松子塞到白子君手中，还带着秦戈手上的温度。

白子君不吭声了，打开小袋子，抓出几颗松仁放在口中。

真香！

— END —

学神

文 / 杜桐七

这是一只来自福尔维亚水域的河豚精，擅长挖坑不填。

01%

我最近发现——我的同桌——那个每天只知道认真听课的学神好兄弟，似乎喜欢我。

虽然有一种说法是，人生几大错觉之一叫“这个人似乎喜欢我”，但是我觉得我这个不是错觉。

我要我觉得！

当然，我这个“觉得”是因为我喜欢他。

嘿嘿。

02%

发现学神喜欢我是很意外的一件事。

我们专业是这样的，大一大二在一栋教学楼，大三在另外一栋，而这两栋建筑分别在校园一东一西，升大三搬东西需要横穿整个校园的时候，人都要搬傻掉了。

唯一的好处就是大三教学楼离食堂最近，所以在我过了两年一下课就拔腿跑向食堂争做吃饭第一人的痛苦生活后，终于迎来了全面解放。

但是就在搬东西的这个过程中出了点问题。

大二在教学楼的高楼层，作业课本什么的东西很多，老师不允许我们把书本叠得老高放在课桌上——说是校领导要是来巡视，看到我们躲在书堆后面，都不知道我们在干什么，就让我们买一些收纳箱来放。

从六楼抬着箱子从校园东边走到校园西边，就算是金刚葫芦娃或者大力水手想必也难以承受吧，更何况是我这样的柔弱美少女？

所以我非常荣幸地在路上摔了一跤，把自己的脚给扭了。

别问我是怎么摔的，会平地摔倒的柔弱美少女难道不是校园纯情漫画的标配吗？

我平地摔了，所以我就是柔弱美少女，这个逻辑没问题。

我当时脚扭了，人坐在地上，箱子倒是没事，我比较有事。我一想站起来，脚踝处就有一种像抽筋同时还带着点撕裂感的疼痛，让我只能悻悻地坐在大太阳下滚烫的水泥地上休息。

好在这个时候我看到了救星——我的好同桌，学神。

不知道为什么他看起来很轻松，手上拿了几本书，背上背着包，走在校园小道上目不斜视。他的学神气息在周围缭绕，仿佛自带一种屏障，当其他人还是在学海挣扎苦作舟的受难者时，他却已经快变成得道的高僧了。

简单来说，我看到他就像看到了希望，所以我自己给他加了那么多有的没的修饰语。

03

就在我要呼唤他的时候，本来已经快和我擦肩而过的学神可能感受到了我热切期盼的眼神，停在了离我不远的地方，然后转身朝我走了过来。

他站在我面前，逆着光，微微皱着眉，就像我平时问他一些分明很好理解但我就是不会的题目一样，有些无奈地看着我："你怎么了？"

然后他蹲了下来，伸出手抓住了我的小腿。我不知道为什么他的手指那么烫，吓得我整个人都抖了一下，下意识就要把我的腿收回去。

当然，学神的力道并不重，可我还是没能挣脱出去。

也许是我不太想挣脱吧。

学神抬眼看我，声音冷静："你脚是不是扭了？"

我连忙点头："不愧是学神，这都看得出来。"说完我又有点伤心，"我在这里坐了好久了，总算看见个我认识的人了。"

"你闺蜜呢？"他问。

今天是校园大扫除的日子，正好适合搬教学楼，而我闺蜜小林是学生会卫生部的成员，早就去检查各个班级的卫生情况了。

我把这件事情跟他说了，学神没吭声，大概是不知道说些什么。

忽然，他把我身边的收纳箱打开，我刚说出一句"你干吗"，就看到学神把自己的书和我的放在了一起，再把收纳箱重新盖上。随后他把我的箱子抬了起来，站在我面前低头看我："我先替你把东西放好，你在这里等我，好不好？"

我有点犹豫，这是我搬东西的最后一趟了，我的东西还是挺多的，新教室又在二楼，离这里还有好几分钟的路程，这样麻烦学神似乎不太好。我的本意是想他把我扶起来，我自己再慢慢搬去教室，因为我的脚现在不是很疼了，我坐在地上其实就是想偷懒休息而已。

学神似乎误会了我在顾虑什么，他喊了我的名字，然后认真地说："我很快就会回来，你坐在这里等我。不要担心我丢下你，我不会丢下你的。"

当时一大朵云缓慢地向太阳移动，阳光在瞬间被遮挡，初夏的风悠悠飘荡。

我终于看清了学神的表情。

然后我的心跳漏了一拍。

我在想，这个人长得真好看。

对不起，我作为颜控就是那么擅长在一个微妙的时刻想一些不合时宜的事情。

04%

学神一直都是一个好人，我知道的，所以我就跟他说我会在这里等他。

当然我也的确等到了。

跟我预想的不太一样的是，学神把我背到了医务室。

于是我满脑子都在想：完了，这要是被老师看到认为我在和学神谈恋爱怎么办啊？那我要以一个什么样的借口否认我确实有这个想法但我还没下手呢？

校医务室的老师不在，学神把我背到一旁的椅子上后，就坐在了我对面的椅子上，然后从口袋里摸出一本托福单词本，开始背单词。

我刚刚丛生的杂念瞬间消失得无影无踪，想着学神果然还是学神，争分夺秒地看书，不像我还在想那些有的没的。

明明已经大三了，这些事情不应该想的，但我还是没忍住。

毕竟我喜欢学神也不是一天两天了。

我是从别的专业转过来的，大一刚开学没多久就转过来了。

最开始我比较自闭，上课常常走神，作业很多不会，周末也不回家，背着个书包在城市里漫无目的地晃来晃去，遇到什么问题就顺手解决一下。同桌小林给了我很多帮助，很多安慰与快乐都是她给我的。但是关系越深，有时候一些事情反而不太愿意和她说，尤其在我觉得无所适从的时候。

我那时候有一个奇怪的思维，总觉得自己与周围格格不入，觉得周围的人都是真实的，只有我像个影子，而我明明已经那么努力去适应了，却还是不习惯。我很喜欢和小林一起玩，小林已经那么努力让我开心了，我还有这种想法，是很不应该的。可我又真的很难过，这种难过在我跟我妈说了以后，我妈回了句“你就是学习不用心才每天想这些有的没的”的时候变得更难过了。

有时候，我会在午睡时间跑到天台上站在上面，当然，我没有往下看也没有往下跳的打算,就是想站在那么高的地方看一看这个城市。有一天我没忍住，掉了两滴眼泪，毕竟我是柔弱美少女嘛。

然后就有一只骨节分明的手递给我一包心相印纸巾。

我偏头一看，是目光平静的学神。

在此之前我跟学神几乎没有交集，只是本人有幸得到老师的信任领了个小组长的职位，所以每次收作业的时候都会到学神的位置上拿走他早就准备好的作业。虽然我们没说过话，但我心底是蛮佩服他这样的人的，他每天都很认真，有着目标和理想并为之奋斗，不像我浑浑噩噩的，每天都不知道在干什么。

还有，我是真的不知道学神是不午睡的，也不知道他每天中午都会到天台背书或者做题，因为他总是坐在角落不打扰那些来天台做些别的事的同学。

那天是个例外而已。

他主动走过来，给我纸巾让我擦眼泪。

05%

由于学神没有细说，所以我猜那天是这样的：学神一如既往地来天台想不受干扰地安静学习，没想到有一个同班的同学跑来天台仰望星空，仰望了没多久就开始掉眼泪，哭得还特别难听。本来学神是打算一心只读圣贤书的，但可能实在是太烦了，就过来看我一眼顺便给我一包纸巾示意我要哭也安静点。

我瞥到他放在一边的作业，顿时悟了，说了声“谢谢，对不起”后，就接过纸巾主动离开了天台。

再后来我去天台看到学神就会跟他打招呼，学神也都会回应我，我无聊就看他做作业，往往看了没多久就在他旁边睡着了。午睡结束，我要是没听到铃响了，学神还会叫醒我，等我跟他一起回教室。

有一天学神忽然跟我说：“你要是有什么不懂的题目，可以问我。有什么不高兴的事情，也可以告诉我。”他看向我的眼神依然平静，但似乎又有那么一丝不同，“我不会说出去的。”

我愣了愣，看着学神的侧脸，什么也没说。

我想可能是那天太热，温度太高，太阳光穿透了我的皮肤照进了我的心里，让我浑身上下都开始发烫。

总之从那天开始我意识到，我确实喜欢学神。

之前可能是因为他学习好，我很钦佩，同时觉得他遥不可及。但是当他说出那句话后，我便无法遏制住自己的欢喜，因为我看到高不可攀的人低头看向了不起眼的人。

我和小林说了这种感觉，同样也是母胎单身的小林鼓励地看着我："按照漫画的套路来看，你俩肯定会成的！加油，努力拿下学神，咱俩的作业就不用担心了！"

好的，我心动了。

当然，我有贼心没贼胆，迈出的最大一步也就是我主动去问他能不能做我同桌。为了避免引起怀疑，我跟他解释小林不想跟我一起坐是因为两个学渣一起学习是不可能的。

学神当时低下头，似乎是笑了，然后抬头，平静地看着我，慢慢地说："好。"

06%

我没想到我在医务室等个老师的工夫都能睡着，虽然就睡了十几分钟，但我总觉得自己在梦里好像把我和学神相处的细节从头到尾梦了一个遍。

医务室老师回来后，检查了我的脚，跟我说最好还是去医院看一下，明明肿成那样却不怎么疼，可能会有大问题。

我纠结地看着老师："但是我家里——"

学神打断了我的话："好，我知道了，谢谢老师。"

我一脸蒙地看着学神，他走到我面前背对我蹲下，我趴在他的背上跟他一起离开医务室后才想起后半句话："我家里没人，我妈出差去了，不方便带我去医院。"

"嗯，没事。"学神的声音很平稳，我是真的没想到他看起来那么纤细的一个少年能把一百多斤的我这么轻松地背起来走还不带喘，"我带你去。"

"这不好吧，这多耽误你学习啊。"我小声地说，"晚自习不是还有考试吗？现在都快吃晚饭了，耽误你时间多不好啊。"

我看不到学神的脸，可我听到他说："没事，不耽误。"

行，可能这就是学神的底气吧。

下一秒，他补充了一句："是你的事情的话，不耽误。"

所以这就是为什么我觉得学神似乎喜欢我了。

尤其是后来他带我去医院，让我在那儿坐着，自己却跑前跑后。

从来没有得到一个男孩子如此照顾的我手足无措，医生给我拍片的时候还问我是不是太热了，看上去像是在发烧。我当时意识飘忽，只能嗫嚅着说没有，眼角余光却瞥到角落的学神用手背掩住下半张脸，看起来是在笑。

还好最后脚踝没什么大问题，多休养两天就好了。

由于请假的时候是直接请了一整节晚自习，所以从医院出来又吃了饭后，学神知道我是走读生，说要送我回家。医院离我家不远，也就十来分钟，我本来不想麻烦学神，自己打车走就好，学神却又在我面前蹲了下来。

兄弟姐妹们，我真的忍不住，所以我又厚脸皮地扑了过去让学神背我回家。

在路上，学神告诉我他家离我家不远，所以这段时间我家里没人的话，他可以早上过来接我和我一起上学。

我当时趴在学神背上，满脸通红，一颗柔弱美少女的心快要承受不住这样的刺激了，耳边全是我自己的心跳声。

在我家楼下的时候，学神本来要走，又转回来跟我说："你的东西我会帮你收拾好的，你不要担心。"

我重重地点了点头。

学神似乎笑了一下："那我明天早上来接你，六点四十五，可以吗？"

我继续点头。

就在这时，学神抬起手揉了揉我的脑袋，可能是我的错觉，我觉得学神的声音里含着笑意："那明天见。"

我小声说："明天见。"

07%

在我妈出差回来之前的一段时间里，早上都是学神带着早餐骑着自行车来接我上学，而我就心安理得地坐在他的后座上啃早餐。

小林偷偷问我，是不是好事将近了？班里人都这么想，但是又觉得不太可能——因为学神太像一朵只可远观不可亵玩的高岭之花了。

我抬头看了看天花板，说：“顺其自然吧，我也不知道他是什么想法。”

主要是，学神怎么说也是学神，我不能让这种凡人间的情情爱爱打扰到他。

不过我也能明显感受到学神对我和对别人不一样，他好像对我格外耐心一些。我基础不太好，有些很简单的题目都要错好几次，每一次问学神，他总会不厌其烦地从头给我讲。

但要是别人拿这种题目来问学神……他们根本就不敢拿简单的题目问他！

有时我也会觉得学神对我好就是单纯的同桌情谊，可当我一侧头就能撞进学神的眼神里，又觉得可能不是那么单纯了。

对不起，主要是我不太单纯。

我馋学神的脸很久了。

一个学习好长得又好看的人还是你同桌，你会单纯吗？

反正我不会，对不起。

08%

寒假的时候学神过生日，我很早就准备好了他的生日礼物。一大早我妈就去上班了，我一觉睡到中午自然醒后立马爬起来给学神打电话，问他有没有空，我有东西要给他。

那边学神的声音听起来有些沙哑：“嗯，我有空，那我们两点半在图书馆见面，好不好？”

我皱了皱眉："你是不是生病了？"

"还好，只是有些咳嗽，你不用担心。"学神果然咳嗽了一会儿，跟我聊了两句后就挂掉电话说要出门了。

我想着等下顺路去药房给他带个止咳糖浆吧，听他咳成那样我怪难受的。只是我没想到路上还能碰到那群小混混，正好他们又在欺负人，拦住了一个男孩子不让他走。

我把自行车停到一边，确定礼物放好了不会被人拿走后，便狞笑着走过去捏响了我的手骨。

那些小混混跟我的渊源还是挺深的，我以前不读书的时候就在外面玩，在城市里瞎晃。

有一次我被这群小混混拦住了要钱，他们也就两三个人，把我堵在巷子口扒拉我的背包，问我多大了手头上有没有钱，给他们花花。还有一个甚至摸了摸我的脸，问我有没有男朋友，考不考虑他。

我当时深吸一口气，然后缓缓地吐了出来。像我这样的柔弱美少女没有别的办法，只能打电话报警，让他们被关了几天。

我隐约记得那时好像还有一个人也被勒索了，只是我一过去，那几个小混混就把目光放在了我身上，那个人后来走没走我也没注意，因为我上头了。现在我又看到了那些小混混，他们又在勒索，我确定离约定的时间还早，便打算再次行侠仗义。

其中一个小混混认出我来了，因为那天他摸了我的脸，对我印象深刻。但可能他们觉得他们成长了，他们变强了，他们行了，所以他们上了。

唉，我始终觉得呢，做人不要太自信。比如学神，虽然他每一次考试都稳坐专业第一，但是他不骄不躁从不自满，这样的男孩子我最喜欢了。

警车再一次呼啸而来的时候我蹲在地上，拍了拍那个之前摸了我的脸的小混混的脸，问他："下次还敢吗？嗯？"

"不敢了不敢了，大姐饶命——"小混混痛哭流涕面目丑陋，我满意地看到他们被警察叔叔带走了。当然，我也被带去做笔录了。

然后我才后知后觉，这回我似乎又救了一个人，而且这个人还没走，跟我一起上了警车。我扭头想跟这位兄弟打招呼，却发现这个兄弟露在口罩外面的一双眼睛灼灼发光。

我忽然觉得，这双眼，有些熟悉。

我试探地喊了一声："段寒山？"

段寒山是学神的名字，我总觉得在警察叔叔面前喊"学神"奇奇怪怪的，所以难得喊他一次本名。

这回我看到他的眼睛弯了弯，是真的在笑："这回你终于认出我了，徐念远。"

终于认出他是什么意思啊?

做笔录的警察叔叔也认出了我："你是不是之前也跟这群小混混起过冲突？小姑娘下手挺狠啊，这回倒是留情面了，不错。"然后看到旁边把口罩摘了的学神，愣了一下，"你是不是之前也被勒索了？"

我也愣了一下，难以置信地看向学神。他垂着眉眼，微微笑了笑。

行。

我懂了，我懂了。

这出是美女救英雄。

还是第二次。

因为这群小混混老是能找到监控死角来干坏事，所以我们说自己是正当防卫完全没问题——当然主要是我在防卫，学神两次都在旁边看戏。

出了警察局学神就带我去奶茶店休息，我把生日礼物给他他也没拆，只是一直用一种含着笑意的眼神望着我。

我被盯久了不太好意思，咳嗽一声："蛮巧哦，这是第二次是吧？"

"是。"学神承认了，"这是你第二次救了我。"他也开始咳嗽，不过他是因为生病咳嗽，像是要把肺咳出来一样。

我连忙给他拍背顺气，学神突然就握住了我的手，他抬眼看着我，好半天都没说话。

就在我以为他要表达什么想法的时候，学神从自己的背包里拿出一个笔记本，递给了我："这是我这段时间整理的学习笔记，本来我想找个时间给你，今天正好。"学神的表情很认真，"徐念远，我想和你去同一所大学读研。"

我呆呆地看着他："你自降身份，不太好吧？"

学神笑了起来，像是春风化雨，温和又柔软："我们两个从来都是平等的人，在我这里，你并不低微。你的任何事情对我来说都是我能接受的，所以不存在什么你耽误了我，我自降身份。"他低声说，"我们去同一所大学读研，好不好？"

好，这有什么不好的？

我成绩不差，只是跟学神比起来难看了些。在学神的帮助下，我一直都在努力进步，现在起码能去个不错的学校了。

大三最后一个学期，我基本上是在不断刷题中度过的。我有时候压力很大，学神就陪着我坐在天台上休息。我总能在他旁边睡着，醒来时就发现学神安静而温柔地注视着我。

考研前一天，小林突然对我说："远远，我很高兴你变成现在这样。"她没有看我，"最开始我认识你的时候，我觉得这个女孩看上去就像一个易碎的艺术品，但现在你已经展露出你的光辉了。远远，作为你的好朋友，我真的很开心。"

我愣了愣，然后抬手抱住她："你这样的文采，写作学肯定会拿满分的。"

小林笑着拍了我一下。

10%

我对考研似乎没有那么深刻的印象了，我就像对待平常考试一样考完了所有科目。真要说有什么印象深刻的事的话，那就是考完之后学神，啊，不是，段寒山——他让我不要再喊他学神，而是叫他的名字。

之后，他找我出去玩。

我俩去了游乐园，在摩天轮上，段寒山跟我说："其实你在天台上流眼泪的时候，我一直在看着你，但那时候我在犹豫，不知道要不要走向你。"他的眼里闪着细碎的光，"我当时想，你是经历了什么，才要躲着所有人，甚至瞒着你的好朋友，一个人站在天台上默默地哭呢。后来你救了我，虽然我知道那时你并不知道被救的人是我，只是路见不平拔刀相助，但是我在想啊——

下一次你流眼泪的时候，我一定要站出来，就像你站出来帮助我一样。”

他一向不打扰来天台的同学，那一天却出乎意料地走向了我，递给我一包纸巾。

我也终于明白了，为什么段寒山说其实我们两个人之间的感受是平等而相互的。

在很长一段时间里，在我甚至还没有动心的时候，我在天台的默默陪伴，其实也早已让他感受到了温暖。

正如他带给我的温暖一样。

END

恋的法则

文 / 鸭先知

非著名恋爱指导大师提示您：
现在是甜品摄入时间，请跟随小鸭指示，及时补充糖分。

01%

姜云安小时候就认为自己生而为王。

长大后她懂事了，就不会再说这些让人侧目的话语了，但是依旧知道自己注定不凡。

她的父母是时常能上新闻的知名物理学家，姐姐考入的是对天才来说也是万里挑一的Q大，而且早早就被业内泰斗收入门下学习深造。姜云安在上下学的路上总是被人偷偷指点："那个就是一家子都是物理天才的姜云安，你听说过没有，她姐姐之前垄断了咱们学校三年的年级第一。"

姜云安听到这些言论时，抿起嘴角，下巴微扬。特权阶级往往要受凡人的妄议，无论是膜拜还是咂舌都要有照单全收的气魄。

他们嫉妒你，而你应该宽容。

姜云安这么对自己说。

江星作为姜云安从小玩到大的朋友，觉得自己在她眼里也是被宽容的对象，对此懒得评论。在他看来，姜云安随着年龄渐长没有成为一名暴君已经是命运格外的恩赐。

姜云安身边一直以来总围着不少人，有的为了好玩，有的因为怕她，怀揣着各路心思靠近她的人总是很多。

姜云安上了高中后渐渐觉得无趣，上学放学没意思，调皮恶作剧没意思，每时每刻被别人的目光关注更没有意思。老大的称号不是她自封的，是她把校门外拦学弟学妹要钱的混混们扔到巡警手上后渐渐传开的。大家感慨校区这片天降能文能武的庇护神，一群被欺负的“小羊崽”向她靠拢企图得到庇护。

姜云安咬一口雪糕，半融化的冰凉液体滴在手腕，她冲小弟们摆摆手表示懒得参与，不管是优异的成绩还是众人的喜爱她都拥有，作为群体老大总是享受最刺激好玩的事物，但游戏玩了千百遍早就腻了，她什么都有，自然提不起劲。

江星趁着课间大活动的时间从理科楼来文科楼找姜云安，问她放学后要不要去新开的网球场打球。话没说一半，就被她躲在凉亭抱着栏杆生无可恋吹风的表情逗乐了。

被瞪了一眼后，江星一肚子坏水翻涌，开始怂恿道：“你知道自己还缺什么吗？”

他自有一套理论，自幼熟读金庸古龙，信奉每一个老大都应该拥有地盘、小弟和让方圆十里的竞争对手都头疼不已的军师。

要降服姜云安这个“暴君”并不容易，江星供出了自己理科楼的明日之星——季羡风。“季羡风绝对符合你的要求，样貌学识样样行。

你想想，他给你当军师，你多有面子！”他安利完之后，又打了个预防针，“就是不好搞定。”

说话间从旁边文印室出来几个男生，每人怀里有一沓卷子，理科班考试频繁，卷子像雪花一样能埋住人。江星下意识看了几眼，辨认是不是自己班的，看清楚后连忙推了推姜云安：“那个就是季羡风。”

季羡风抱着东西走在前面，少年的身体纤瘦结实，风一吹就把校服的衣摆扬起来，像是一棵干净挺拔的小白杨。女生们路过他身边的时候飞快瞥了一眼就移开视线，若是不小心目光对接，脸上多半要染一层薄红，热闹快乐得像一群小麻雀。

姜云安的目光长久地停留在季羡风骨骼皮相都漂亮的脸上，眼睛一点点亮了起来。

她的占有欲在瞬间高涨，像在橱窗发现了限量发售的游戏，这个军师她势在必得。

“江星，你帮我传个话。”

02%

男生传话自然效率奇高，尤其江星跟季羡风关系不错，江星话又说得含糊，他让季羡风放学后一定要去赴约，说这真的是非常重要的事。

季羡风点头同意，说他放学晚，对方愿意等就行。他在课后还要去学校组织的奥赛培优班学习，忙完后天色已经不早了。

姜云安在约好的小巷等得无聊，去旁边商店买了个薯片的工夫，季羡风就被两个社会闲散人员尾随。等她回去的时候季羡风正被堵截，他看着姜云安沉吟片刻："仙人跳？"

姜云安右眼皮抽动了一下。

混混A见又来了人，扭头看是一个白白净净的小姑娘，戏谑道："哟，小女友？"

混混B把姜云安也拎进了包围圈，目光直白地在她身上打量了一圈，跟同伴嘀嘀咕咕："这女生真漂亮。"

混混A意味深长，一副很懂的样子："人家可能就喜欢养成系呢？"

混混B哈哈大笑："不敢惹啊。"

姜云安低头看了看，片刻后才反应过来。她克制地深呼吸，勾起微笑，两颗尖牙白生生，把薯片塞到季羡风手上："才知道我不好惹？"

季羡风默默退后一步，看到姜云安蹿了出去，一阵"乒乒乓乓"的拳打脚踢中伴随着对方的哀号，场面十分残忍。

老大的尊严不容挑衅，庇护的场所要清除一切有害成分。

等姜云安揉着手腕结束战斗，季羡风的目光凝聚在她身上，姜云安突然觉得有万千蝴蝶扇动起了翅膀。

她仰起脸跟这目光对视，脸上有理所应当的笑容："谢谢就不用了，当我的军师报答我就好。"

季羡风问："为什么？"

姜云安眼睛里有明明灭灭的光在闪烁，跟他常见的女生害羞躲闪的神态不同，她的眼神更像是只小狐狸崽子看到猎物的兴奋。

姜云安避而不答："强强联合有许多好处。"

季羡风礼貌点头，拒绝：“谢谢你，但是不了，这种拉帮结派的过家家有点幼稚。”

他把薯片还给姜云安，看到她脸上的笑容一点点消失。

“你说什么？”姜云安不可置信，眉头蹙起。

季羡风于是又重复了一遍：“非常幼稚。”

姜云安神色立刻冷了下来，眼神沉沉，她咬咬牙“哼”了一声，扭头就走，连带着季羡风和他那一句“等等”一起甩到了身后。

03%

“失策！真是失策！你有点自觉好不好？男生就不能矜持一点？”江星看热闹失败，痛心疾首，充当狗头军师指点江山，“季羡风好歹是我们理科楼的学神，肯定难搞定，说你幼稚怎么了？从智商来讲，我们楼的人哪一个跟他比不幼稚？”

姜云安被烦得忍无可忍，面无表情地塞了他一嘴薯片，眼神好像要给他喂砒霜。

江星躲到一边，仓鼠一样咀嚼薯片：“而且人家最后不是让你等等了吗，你听他把话说完呀。”

姜云安冷笑一声：“并不稀罕。”

江星叹道：“那太可惜了。你还记得那个跟你姐姐一起参加物理竞赛的周苗苗吗？她也想将季羡风拉入麾下，我还以为你的赢面比较大。”

说完后他观察了一下姜云安的脸色，果然提到这个话题她的神情就变了。江星很会戳她的痛点，就像知道狐狸的哪寸皮毛下面藏着要害，姜云安的逆鳞就是她的天才姐姐。尤其她姐姐姜云宁夸过周苗苗后生可畏，姜云安气得如鲠在喉，全身奓毛。

江星知道这一刻抢军师已经不是主要的目的了，姜云安肯定会像攻克难题一样罗列精密计划和步骤把季羡风拿下，以此证明自己比姐姐夸过的人更加优秀。

季羡风课后来到培优班的时候看到了姜云安，他的同桌换到了别的位置，姜云安趴在课桌上，百无聊赖翻阅他的试卷，看到他来，打了声招呼。

“你怎么到这儿上课？”季羡风拉开椅子，把书本往桌子上放。

“昨天不是你让我等一下吗？”姜云安抱着手臂抬起下巴，神态高傲如女王赦免他的罪过，要他为了自己的纡尊降贵感恩戴德一样。

傍晚的阳光做了姜云安身后的幕布，季羡风觉得姜云安像只开屏的小孔雀，抖着橘色尾巴趾高气扬在他眼前踱步。

“你想跟我说什么？”姜云安问。

“是这样的，”季羡风坐了下来，从自己的书包里翻找，“我当时觉得说你幼稚有点不太恰当……”

“嗯。”姜云安耐心等他说完，准备接受道歉或是告白。

季羡风终于把要找的东西拿了出来，看向姜云安，诚恳道：“确切地说，我觉得你有病。”

姜云安理智全无，握紧了拳头，差点挥了出去。

“别误会，不是骂你，而是说你可能生病了。”

季羡风把刚刚拿出来的心理学书籍摊开，指着病名词条解释：“自恋型人格障碍，特点是对自己的价值感夸大，过分关注他人的评价，要求别人持续的注意和赞美，不能接受批评。值得注意的是，自恋者往往长期维持着一种脆弱的低自尊状态。”

季羡风看了一眼姜云安因为过分用力而颤抖的拳头，好心提醒道：“听到批评后暴躁易怒也是症状之一，就像你现在这样。”

“我没病。”姜云安冷静克制地回答，同时为了证明自己没有以上症状，把手指一根根松开。

季羡风笑了笑，合上资料：“先不说这个，既然来了就先上课。”

04%

江星今天值日，打扫完教室卫生，顺便下楼去打探情报。算算时间姜云安应该已经成功打入敌方内部了，他一再强调稳重温柔人设的重要性，现在就打算去检验学习成果。

他进了培优班打量一圈，又退出两步研究是不是跨入了异次元，最后不可置信地重新进去。没记错的话他送姜云安来这儿是抢军师的，不是来参加“变形记”的。

“校园小霸王”姜云安被季羡风看管着，手下是一摞习题，旁边是散乱的草稿纸。

已经有一波小弟找过姜云安了，都没能成功把她带走，只能规规矩矩站在旁边，扇着扇子抱着零食喊加油，满眼同情地看着老大被题海淹没。

姜云安抬头看了一眼江星，被季羡风拿笔轻轻敲了一下手背：“别走神，做完再回。”

江星顿时对季羡风肃然起敬。

姜云安看起来忍不住了，旧怨未平，新仇又起，她哪里想到季羡风的课余兴趣竟然是钻研心理学，像开启人类观察计划一样饶有兴味地研究分析她的行为。她不能骂，不能打，避开跟心理疾病的一切联系，草稿纸上推理演算时力透纸背，恨不得每一笔都狠狠刻在季羡风的身上。

江星感慨归感慨，还记得解救姜云安。正好有女生过来问题，江星立马插空把姜云安的习题收了起来准备拿走："时间不早了，不用这么刻苦吧，再晚天黑了，末班车都要错过了。"

季羡风没有反对，反倒是姜云安拦了一下他，江星扭过头来恨铁不成钢地悄悄骂她："还不快溜，学上瘾了？"

"不是，"姜云安回答，"题是他的，笔也是他的，不用带走。"

江星一愣："那什么是你的？"

姜云安沉默，她又不是为了过来学习，自然什么都没带。

前来问题的女生给季羡风贿赂糖果，培优班的大佬每个都时间宝贵，愿意给别的同学讲题的人寥寥无几。季羡风拿了一颗，塞到姜云安手里，冲她笑了笑："这个是你的，记得明天早点过来。"

他收回手，状似无意地搁在一本硬皮书上，指头"嗒嗒"敲了两下。姜云安立刻像被拽了尾巴的狐狸，大步走出了教室。

江星眼睛好，下意识看了一眼书名——《心理测量》，还没反应过来什么，连忙抱起自己的书包追了出去。

姜云安找了个隐蔽拐角挠墙，把怒火通通发泄出来。

"季羡风这个人到底是怎么回事？"

江星只能顺着她来："季羡风不是挺够意思的吗，那么厉害的一个学神给你从基础奥数开始补课，你见过还有谁能分享他这么多时间精力？没有！你这么好看，又在文科楼成绩拔尖，他就算真想加入你的小团体当军师，不也得循序渐进吗？”

江星也不是乱夸，因为很少有人会不想和姜云安成为朋友，她长相优越，眉是春山一抹，眼是桃花两点，鼻子尖尖翘翘的，娇憨可爱。即使脾气骄矜乖张了一点，但也不是不讲道理，像只被养得很漂亮的、皮毛油光水滑的“小狐狸”。

姜云安深呼吸平复心情，江星说得对，季羡风一定是因为想加入自己的小团体才捏造什么心理疾病的事情，要自己的注意力全部给他。到底是成绩好的，干什么都像排兵布阵一样讲究轻重缓急，演练孙子兵法三十六计。

谁怕谁？姜云安眼睛一眨，胜负欲熊熊燃烧。

05%

第二天下雨，姜云安如约早早来到了培优班。班里空空荡荡，季羡风桌上已经放了几封信件。经常有校内校外的女生托人把情书送给季羡风，每一封都贴着剪裁精致的贴画，散发着清香。

姜云安看了一眼，塞进季羡风桌子里，跟其他情书做伴。季羡风桌子里只放情书，一点自己的东西都没有，因为哪怕是放一张验算过的废弃草稿纸，隔一夜也会莫名其妙丢失。

“你怎么在这里？这是季羡风的位置。”姜云安正想趴桌子睡一会儿，就听到有人对她说话。她撑起身子转头，正好看到周苗苗捧着一盒点心愣愣地看着她。

周苗苗的视线从姜云安的脸上挪到她身下的桌子，脸色顿时不好了。她俩不对付很久了，一个觉得对方假清高，一个觉得对方爱炫耀。

姜云安看了看她抱着的点心盒子，笑了："怎么，跑这儿献殷勤来了？这点心是新开的那家甜品店吧，离学校不近，还得先预约，你对季羡风真上心。"

周苗苗想走，但这点心不亲手给季羡风就没意义，她气急，出言反驳："我是来谢谢季羡风上次借给我比赛资料的，我们是正常同学情谊，比不上你一个文科生找关系插进了奥赛班，不知道的以为你上进，知道的谁不明白你另有所图？"

季羡风进教室时候就看到自己座位边两个女生一坐一站，他把伞上的雨水抖了抖，靠在墙边："你们干吗呢？"

姜云安眼皮一点点掀起来，目光定在周苗苗脸上，也不在乎当事人在场，坦坦荡荡回答："是啊，我不缺同学，到这儿来当然是另有所图，你都知道了我缺个军师还来碍事，多少有点没有眼色吧？"

季羡风有点头疼，把自己的东西放在桌上，隔开了两个女生的视线交锋。

周苗苗看季羡风对此竟然没什么反驳，不由恼羞成怒："你听她讲些什么疯话，你跟她做同桌心里就不会厌恶吗？"

姜云安微笑："不清楚季羡风对我怎么想，我看你好像比较讨厌我。再者，你以为季羡风不知道我在干什么吗？"

周苗苗没遇过这么嚣张的人，求助地看向季羡风："真的吗？"

姜云安神情倨傲，对周苗苗宣告了自己的胜利："现在他知道了，那你知道了吗？”

06%

周苗苗被气走了，走的时候好像哭了。

姜云安坐在桌上，享用了她带来的点心。胜者为王，她理应获得一切胜利品，比如这盒点心，这是她从小就明白的道理。

季羡风皱着眉头，觉得这狐狸崽子真是牙尖嘴利，他冷静分析道：“我觉得你的病情可能比我想象中严重，你需要尽早进行干预治疗。”

姜云安冲他笑，距离近到能看清睫毛轻微的震颤，她的眼睛好看到让人心惊，能轻易网罗人心：“少来，你不乐意吗？你很愿意成为我的军师吧，不用否认。”

季羡风冷静地对视：“那你希望我当军师吗？”

姜云安再次被问到这个问题有点不耐烦：“这个重要吗？”

季羡风点点头：“你好像沉迷于获得别人的认可，但自己却给不出来，你是不是从来没有被真正认可过？”

姜云安的表情冷了下来，眼角眉梢的弧度都回落下来：“如果你再用这种可笑的猜测来彰显自己的特殊，我真的会生气。”

季羡风却不怕她冷冰冰的话语，还要继续追问：“所以你知道健康的朋友情谊是什么样子吗？”

他问完，看到抿着嘴的姜云安眨了眨眼，毫无征兆地掉落一滴眼泪。

泪水晶莹，滑到脸颊的时候姜云安抓起自己的书包，冲出了教室。

姜云安不知道自己该如何反驳，因为她确实不懂健康的朋友情谊究竟需要如何表达。

她在小时候确实度过了一段快乐的童年。但变故来得很快，在开始启蒙物理的年纪她被送去某位权威老师那里进行考评，以此判断以后是否有资格到他的手下继续深造。

姜云安的成绩离合格差两分，一群大人分析这个孩子永远不能攀上物理的巅峰，因此劝告她的父母应该尽早放弃将姜云安送入顶尖研究所培养的意愿，好在姜云宁测试成绩优异，能继承他们的衣钵。

不管是有意还是无意，姜云安在这个家里都开始逐渐被边缘化，大部分的时候姜云安只能沉默着听父母跟姐姐讨论下一个课题需要的数据。

她不需要在意，她不应该在意，姜云安有大把的零花钱和时间，不用为了一组数据熬无数个夜。她年轻健康，动作矫捷，跑起来快得像小鹿，文科成绩在重点高中也是佼佼者，有许多人喜欢她。

姜云安觉得自己并不需要父母的关注，却不自觉想要在别人身上补回。

她从被放弃的那一刻就一直坠落，季羡风戳破了她自欺欺人的想象，姜云安终于落地。

07%

江星从门外的地毯下面摸出备用钥匙打开了姜云安家的大门，她家又是冷冷清清没有人气，一家子物理天才常年泡在研究所，不食人间烟火。姜云安有几天没去学校了，江星在书房的角落找到了她。

姜云安正在盯着自己历史试卷上的一道错题，她的神态没有什么不正常，却破天荒指着那个鲜艳的错号问江星："这种程度的题我都能答错，我是不是很差劲？"

姜云安这几天仔细审视了自己，她走出建造的堡垒，意识到自己的种种缺陷，甚至为了一颗新冒出来的痘痘惶惶不安。她发现自己并非强大、完美、无所不能。

"我的天，你是不是病了？"江星头一次见姜云安对自己提出质疑，吓得不轻，"是不是季羡风说了什么？你特别好，特别棒，你不要听那些质疑知道吗？"

姜云安有些困惑："怎么扯到了季羡风，是不是有人跟你说了什么？"

江星观察了她一会儿，见她并非想要包庇，叹息道："你消失了好几天，季羡风找不到你，到我这里问你的情况，我以为你们闹了矛盾，还把他带过来给你赔罪……"

顿了顿，江星走到书房外叫了一声，季羡风这才踏进了书房。

江星把空间留给他俩，说自己得回去写作业了，有什么话都说开，不要打架。

"等等，"季羡风叫住了江星，不知道这两个笨蛋怎么能安安稳稳成长到现在，他伸出手来，"备用钥匙放在地毯下太不安全，你把钥匙留下。"

江星咕哝了几句麻烦，他们的小区治安一向很好，哪需要这么防备，但是心里面也知道季羡风说得没错，于是非常顺从地把钥匙递了过去。

“我家在后面那栋楼，有事叫我。”江星挥挥手，走了。

姜云安坐在椅子上安安静静地看着他：“你找过我？”

“你没去培优班，去文科楼问你同学都说你没来，我当然也会担心。”季羡风把钥匙放在书桌上。

大概是姜云安平日里表现得太过坚不可摧，所以季羡风下意识没有把她当成脆弱敏感的病人，讨论病情时也平铺直叙，把姜云安框进冷冰冰的理论文字里。

姜云安那滴泪让他看到她情绪的冰山一角，季羡风承认自己对待她的方式并不合适。

姜云安点点头，站了起来：“我没有事，辛苦你跑一趟，我去给你倒杯水吧。”

她走了两步，突然头晕目眩，天地翻转，直直往地上摔。

季羡风吓了一跳，好在离得近，又一直注意着她的行动，看她不对劲连忙伸手去捞，这才没让姜云安跌倒。

季羡风直接把她扶起来，女孩子的骨头轻，不是很费力，季羡风把她扶到卧室的床上，等了几分钟才看姜云安缓了过来。

“生病了？”

季羡风也有些疑惑，突破了社交的安全距离去摸姜云安的额头，并没有发烧。

又去摸她的手，姜云安的手指发凉，在他的掌心微微颤抖。

反应迟缓，面色苍白，还不受控制地颤抖，都是低血糖的主要症状。

季羡风反应过来了，语气有些严厉：“你有多久没有吃饭？”

姜云安不明白季羡风为什么会生气，她如实回答了自己上一顿正餐应该是两天前的外卖，她不太饿，其他时候会吃几块饼干。

季羡风皱着眉头打开了她家的冰箱，里面只有摆放整齐的碳酸饮料，连半片菜叶都找不到。

他忍不住气血翻涌，他得收回前言，姜云安能长这么大也许靠的是过于顽强的生命力。

他用毛毯把姜云安裹上，烧了杯热水放在床头，把家里仅有的几包零食堆放过去。安顿好一切，又叮嘱几句，让她把水喝了，饿了就吃几口垫垫，难受就再睡一会儿。

姜云安看他把自家钥匙揣进兜里，不太理解："你要去干吗？"

季羡风深深看她一眼，半是无奈半是恼："买菜！"

事实证明学神学习哪方面的知识都很迅速。

几分钟后，一碗面就出锅了。

面条清淡，姜云安被叫到餐桌吃饭还有些蒙，季羡风把筷子塞她手里的时候，姜云安闻到了他指头上洗不掉的调料味，是某种并不熟悉的温暖烟火气息。

季羡风这才有空把围裙解下来放在一边，坐在姜云安对面下命令："面要吃完。"

姜云安捧着碗喝一口汤，觉得暖意渐渐从胃里扩散开来。

她的筷子在碗里碰到了什么，翻出来才发现面里还藏着一颗荷包蛋。姜云安愣了一会儿，才找出合适的表情抬起头来。

"你对同学都这么细心吗？"

季羡风的课后时间都给了她，怕她不好好吃饭才留下来监督，现在只能在餐桌上复习知识，拿起笔勾画明天上课的重点，闻言抬起头来看了姜云安一眼："别的同学比你惜命。"

姜云安笑了一会儿："你这个样子我还真的挺想和你成为好朋友的。"

季羡风以为她又恢复了以前那股嚣张跋扈的精神劲儿，细细一想却不是，姜云安之前从来没有如此坦诚过，这对她来说像被别人窥探到一览无余一般难以忍受。

姜云安跟他对视，等待回答。

季羡风叹气："只有真诚才可以交换真诚。"

姜云安点头："我是真心想和你做好朋友的，之前说收你当军师是为了炫耀和赌气。"

季羡风不为所动："你在生病，这种时候说这些话很正常。"

姜云安现在像一只被雨水淋湿皮毛的小动物，习惯了她聪明狡黠的灵动模样，再被这么湿漉漉的眼神看上一眼，没人不会心软。

可是不行，姜云安仍然处在情绪的极端，状态并不稳定。

生病的人都脆弱，尤其姜云安长期对被关注和被爱有极高的渴望，更容易对低谷时伸手帮助的人产生依赖。

"其实，你需要的是治疗而不是躲进另一个避风港。"

姜云安放下筷子："你要怎样才能相信我不是因为生病才认可你？"

她喉头干涩，终于做出了妥协，"你来给我治病吧，如果你认为我生病了，如果你只能接受健康的我的友情，那就治好我，然后再听我说一遍。"

09%

季羡风带走了姜云安家的钥匙。

他听到姜云安说自己父母大概这几周都不会回来，想着她空空的冰箱和吃饭不规律的坏习惯，觉得自己不管的话，怕是还没来得及治好姜云安的心理疾病，她就要被生理疾病击垮了。

江星也不能指望，过于乐天派的人可能只会泡面。季羡风觉得在纠正姜云安的自恋型人格障碍时，有义务保证她不被饿死。

姜云安被教导不许乱发脾气，避免打架，避免争吵，放学后去培优班做试卷，然后再回去吃一顿视作嘉奖的晚饭。

如果表现良好，当天的晚饭就会出现几个难得的花样，肉也放得慷慨。季羡风临走时会给她一颗糖，或者一个小零食。

姜云安渐渐能控制住自己的情绪，不再会为了一些小事有过于激烈的情绪动荡，她逐渐接受了自己家庭的特殊之处，在接到姐姐打来的电话时不会暴躁和哭泣，她也意识到过去的自己其实敏感多疑，被自尊心高高架起。

我只是个普通人。

姜云安对江星这么说时，心里面并无波动，表情平静。

江星吓疯了，不知道为什么好友性情大变，她解散了围在自己身边的小弟，不再追求被人关注的感觉，甚至在遇到周苗苗的时候还能心平气和地打个招呼。

为了验证好友性情改变的真实性，江星抱着薯片在姜云安的床上吃。

薯片碎渣掉了一床，姜云安停下写作业的笔，瞪了过来。

江星看见了几分他熟悉的影子，下意识缩了一下身子，在姜云安的底线上反复试探："别生气嘛，你都三个月没有揍人了，不要为了这点小事功亏一篑。"

姜云安推开椅子站起来，江星连忙往她的对角线跑，没想到把薯片桶撞翻，撒了一地，姜云安抄起抱枕把江星抽了一顿。

"我要告状！我要跟季羡风说你破戒了！错了，错了，别打了！我等会儿给你洗床单！"江星满屋乱跳。

"你们在玩什么？出来吃饭。"季羡风靠在门口看他俩搏斗，立刻被江星当成救命稻草躲到了他的身后。

"你的特训失败了。"江星偷偷打小报告。

"你出来。"姜云安已经把自拍杆拽了出来，一根长棍在她手里变成了杀伤性武器。

季羡风叹了口气，把江星往门外撵："去洗手吃饭。"

江星千恩万谢地溜了，卧室里只剩下他们两个人，姜云安把自拍杆放了回去，解释道："他先惹我，治病没有说我不能生气。"

"是吗？"季羡风把门关上，"我检查一下你的病有没有复发？"

他目不转睛地盯着姜云安看，又退后两步观察她的神情。

姜云安结结巴巴："你、你在干吗？这是新的治疗方式吗？季羡风你以后真的要准备当心理医生吗？"

"没有骄傲，没有臆想，只是稍微有些激动。"季羡风评价。

"废话……"姜云安在房间里团团转了两圈，最后把脸埋在抱枕里，连睫毛都几乎染成了粉色，"我想成为你的好朋友，激动也是正常的好吧。"

“看来你的病已经好了，还记得我之前跟你说过什么吗？”

姜云安回答道：“只有真诚才可以交换真诚。”

季羡风点点头：“你把自己的真诚分给了别人，才会挪出空的位置来收获真诚。”

姜云安并不需要人人都认可她，因为能得到自己最想要的那份认可就已经足够幸运，这是她刚刚知道的道理。

驯服一只机警的狐狸当然要有独门秘籍，哄三分让三分再留四分把她翻过来挠肚皮的余地，这是季羡风第一次被姜云安堵在校门外就知道的道理。

— END —

男友的戏精日常

文 / 杨梅牛肉干

脑洞无限大，能上九天揽月，能下四海捉鳖，
努力靠写文发家致富的小透明。

01

明明是仇人关系，却不得不绑在一起做游戏，楚潇潇看着眼前程巍阳这张俊脸，气得浑身发抖，一不小心，两人额头中间夹着的乒乓球又掉了下来。

“巍阳、潇潇，你们俩怎么回事？”

不怪体育部长生气，秋季运动会在即，像这种团体项目最容易拿到分，楚潇潇和程巍阳他们俩练了整整一个下午，别的组至少都能跑完全程，只有他们俩，从头到尾没有一次成功的。

楚潇潇想要解释，程巍阳却抢先她一步开口，语气无奈而又包容：“潇潇，看来你还是对我心存芥蒂。但是比赛当前，我们还是应当以大局为重，就让我们暂且放下个人恩怨好不好？”

他这话说得可谓滴水不漏，既暗示了楚潇潇的小心眼，又表现了他的识大体。果然他话音刚落，体育部长就赞赏地点了点头。

心机！心机！楚潇潇看着他的眼神几乎要冒火。没有人比她更清楚，程巍阳虽然表面上看着纯良，但心里不知道藏了多少坏水。

是她想要掉乒乓球吗？有好几次眼看着就要到达终点的时候，程巍阳便表情欠揍地搞破坏，不是故意歪了一下头，就是突然喊她名字，吓她一跳，事后还装得楚楚可怜：“哎哟，真是不好意思，都怨我，害得这一趟又白跑了！”

知道怨你就认真一点行不行！楚潇潇越想越气，偏偏程巍阳依靠他强大的话术成功使得部长站在了他那一边。

部长皱着眉头看她：“潇潇，咱们先认真训练。你和巍阳之间的事，你们私下再解决行不行？”

楚潇潇顿时像一只泄了气的皮球，垂头丧气道：“我会调整好心态的！”

体育部长满意地点了点头，在部长转身将要离开的一瞬间，程巍阳忽然拉了拉楚潇潇，在她抬头向上看去的时候，露出了一个挑衅的笑脸。

那笑脸上分明写着：跟我斗，你还嫩着呢！

楚潇潇：……

她会惹上程巍阳完全源于一场意外。

02%

上周末，楚潇潇在学校附近的一家冷饮店打工，她接到了一个订单，让她把客人点的十几杯冷饮直接送到篮球场上。

楚潇潇带着冷饮到的时候，上半场已经接近了尾声，因为是货到付款，所以她特意在球场边上看了一会儿。

不得不说，几个身高腿长、全身上下散发着青春男性荷尔蒙的俊秀少年在一起打篮球，的确很养眼。尤其是为首的程巍阳，不仅人长得好看，球打得也很好，惹得一旁观战的女生尖叫连连。

终于轮到中场休息，几个少年下场来拿喝的。

其中一个男生看着楚潇潇笑了笑，指着程巍阳和另外一个男生说："你看他们俩谁更帅，我们就让谁来付账好不好？"

"不太好吧？"这不是叫她得罪人吗。

"没事，放心大胆地说！"

然后楚潇潇伸手指了指程巍阳身边的另外一个男生。

正在往外掏钱包的程巍阳手一顿，接着抬起头意味深长地看了她一眼。程巍阳无疑是好看的，但是怪就怪在楚潇潇最近看了不少韩剧，其中至少有两三部，里面最坏的大反派都长了一双和程巍阳一样的丹凤眼，惹得她本能地对他没有什么好感。

但是万万没想到，她当时随便的一个选择居然能引起这么大的蝴蝶效应。

楚潇潇不知道的是，表面上是叫她选择谁来付冷饮的钱，实际上是让她决定谁来代表学院参加学校秋季运动会上的"二龙戏珠"项目。

所谓"二龙戏珠"就是一男一女在额头中间夹一个乒乓球走二百米，在球不掉的前提下最先到达的算作优胜。

程巍阳身高腿长，本来是这个项目的不二人选，偏偏想要跟他搭档的女生太多，他自己也不喜欢这种娱乐性质的比赛项目，所以跟部长约定：他们订冷饮，让送冷饮的人在他和另外一名项目的候选者里面选，被选中的人请大家喝饮料，另外一个人就要参加项目。

程巍阳本来十拿九稳，他对自己的外貌还是有几分自信的，却没想到半路杀出来一个审美水平严重不足的楚潇潇。

程巍阳本着“既然自己跑不了，那么罪魁祸首也得陪着他”的原则，以差评为威胁，让楚潇潇跟他组队一起参加“二龙戏珠”。

眼看着天色已经彻底暗了下来，操场上的人所剩无几。楚潇潇一边捶着发胀的小腿，一边不情不愿地跟着程巍阳一起往外走。

从操场到宿舍有一段没有路灯的小路，楚潇潇天生胆小，尤其怕黑，想要走在面前的程巍阳等等她，但是又不好意思说出口，正纠结着，忽然看见他转过头来，扯过她的袖子，拉着她一起走。

“你……你干什么？”

程巍阳笑了笑：“你眼光那么差，想必视力也不好，我不拉着你，万一摔倒了怎么办？”

楚潇潇刚想感慨虽然他一天没做人，但是关键时刻还是挺暖的时候，就听见他接下来说的话：“毕竟没有你陪我训练，我多无聊啊！”一边说，一边笑得十分恶劣。

楚潇潇：……

03%

因为距离运动会的时间所剩无几，所以体育部每天训练的强度都很大。楚潇潇能每天拖着疲惫的身躯出现在操场，已经是一个奇迹了，跑早操这种事她当然是得过且过，随随便便应付过去就好。

因此，等体育部的干事点完了名，她便迅猛地想要往身后的食堂钻。吃个早餐，再回去睡半个小时的回笼觉，岂不美哉！

然而她刚转过头，灿烂的笑容便僵在了脸上。

程巍阳正站在她的身后。他居然特意站在这里堵她！

程巍阳挑了挑眉毛，笑得花枝招展：“学姐是要逃避早操吗？”

他故意叫她“学姐”，不就是为了讽刺她不参加跑操吗。

楚潇潇自知理亏，所以有点心虚：“我……你误会了，我就是转个身，活动活动身体！”

“原来是这样啊。既然我误会了你，为了表达歉意，我今天就带着队尾，陪你一起跑吧！”

说得好听，什么陪着她一起跑，不就是监督她嘛！

在所有运动中，楚潇潇最讨厌的就是跑步，尤其是这种绕着整个校园来一圈的长跑。她故意放慢了速度，很快便脱离了大队伍。程巍阳肯定是要追上大部队的，那时候只剩下她一个，她不就自由了嘛！

然而，理想很丰满，现实很骨感。眼看着大部队都要没影了，程巍阳一点也没有要追上去的意思，反而是跟在她的身旁，寸步不离。

楚潇潇忍无可忍：“你就这么闲吗？”

程巍阳一笑，露出两颗漂亮的小虎牙：“不是啊，我只是怕我跟上去了，你半路回去了怎么办？我们体育部绝对要保证每一位同学都能正常参加早上的跑操！”

楚潇潇：……

他这种敬业精神还真叫人感动呢！

因为早上多跑了半个多小时，所以楚潇潇早餐都多吃了两碗小米粥。跑步耽误的时间太多，回笼觉自然没有了。她吃了早餐之后，就匆匆地往教室赶。

不知道是因为楚潇潇今天早上吃得太多，还是因为早上的运动量太大，总之，在快要走到教学楼的时候，她忽然胃里一阵翻滚，继而眼前一黑，身体便不受控制地朝着地面倒下。

意识存留的最后一刻，她恍惚间看见有人朝着她跑过来。

04%

楚潇潇是在学校的医务室醒来的，她醒过来的时候，程巍阳就坐在她身边。

楚潇潇本来身体就难受，再加上醒来之后第一眼就看见了程巍阳，顿时眼泪控制不住了，顺着脸颊流了下来："怎么又是你啊？"

程巍阳挑了挑眉头，勾着嘴角笑起来："我可以把这理解为你醒来之后第一眼看到的人是我，喜极而泣了吗？"

喜极而泣个鬼！楚潇潇直接转过了身，背对着他。

看一眼都头疼。

校医看着他们俩的别扭样，以为是小情侣吵架了，打趣道："小姑娘，别和你男朋友生气了，他抱着你进来的时候，可着急了！小伙子也是，男孩子嘛，以后多让着女孩一点儿！"

"我们不是……"

楚潇潇否认的话还没说完，就被程巍阳打断，他十分真诚地点了点头："校医姐姐说得对……"

楚潇潇一听他这个语气，就知道程巍阳的戏瘾又来了。果不其然，下一秒，他就当着校医的面，深情款款地握住了楚潇潇的手："潇潇，我知道，你其实是因为喜欢体育部的程巍阳，早起陪他跑步，又着急吃了早餐，才会晕倒的。你放心，我不吃醋，只要你别抛弃我这个男朋友就好！”

校医根本不知道程巍阳是谁，只当楚潇潇是吃着碗里看着锅里的，更因为他那句“姐姐”，简直叫到了她的心坎儿里，于是心中的天平毫不犹豫地倒向了程巍阳这一边：“小姑娘，这就是你的不对了，我跟你说……”

楚潇潇愣是被校医教育了半个小时，才被放走。

从校医室出来的时候，楚潇潇的脸都泛着青色，她看着程巍阳，咬牙切齿道：“你……”

程巍阳笑着按下指着他的手指头：“乖，我知道你已经认识到自己的错误了，并且羞愧难当。看在你还生病的分儿上，我就勉为其难地原谅你吧！”

楚潇潇：……

苍天啊，派个人把他给收了吧！

经过这件事，楚潇潇真正认识到，男生有高冷的、阳光的、内敛的……除此之外，还有一种叫作程巍阳的，简直就是戏精的化身，演起戏来，奥斯卡都欠他一座小金人。

楚潇潇自知不是他的对手，已经放弃抵抗。偏偏程巍阳就盯上她了，哪怕只有单方面的表演，只要对象是她，他就乐在其中。

甚至在有一天晚上，程巍阳送她回宿舍的时候，突然说道：“以后要是不能每天跟你训练，我得失去多少人生的乐趣啊！你说要不要我干脆把你追到手，做女朋友，这样我们不就每天都能见面了吗？”

楚潇潇严重怀疑他就是害怕没人看他演戏。

程巍阳的话到底给她留下了阴影，吓得她当天晚上就做了一个噩梦。梦里程巍阳真的成了她的男朋友，每天以欺负她为乐，而她叫天天不应，叫地地不灵，生活在水深火热之中，简直就是个弱小无助的小可怜。大概是梦太过真实，楚潇潇吓得第二天特意买了东西去跟程巍阳求和。

没骨气就没骨气吧，谁让对方是戏精呢。然而程巍阳连眼皮都没抬："当然……不行。"他露出一副无比难过的样子，"我简直太伤心了，你居然用这种物质的东西来玷污我俩之间这么纯粹深厚的感情！"

楚潇潇：……

我呸！还纯粹深厚的感情，可去他的吧！

唯一庆幸的是，在训练项目上，程巍阳认真了起来。

05%

运动会如期而至，没想到楚潇潇和程巍阳这对最不被看好的搭档竟然意外地成了项目的黑马，拿到了小组赛第二名的好成绩。

楚潇潇虽然最初并不是心甘情愿来参加这个项目的，但是真正取得了好成绩，为学院争了光，又怎么会不开心?

楚潇潇眼神里带着光，激动地对程巍阳说："程巍阳，我们是第二名！"

没想到这厮十分傲娇："第二名有什么好高兴的，要是训练的时间再充裕一点，我们肯定是第一！"

虽然他嘴上这样说，楚潇潇还是能听出来他语气中的愉悦。

运动会的最后还有一场学校刀旗队的表演，楚潇潇听说他们这次表演的是一个特别酷的爵士舞《面具伯爵》，每个表演者都会在脸上佩戴一个银色的面具。

她表弟就在刀旗队里，听说他中午为了训练没有吃饭，楚潇潇也没有什么项目了，干脆买了午餐给他。

他们俩约好在操场的东门见面，楚潇潇买好午餐特意早到了一会儿，没想到表弟已经站在门口等她了，还戴着表演时用的面具。

表弟此刻正低头看手机，没有注意楚潇潇已经来了。

楚潇潇看着他的背影，不禁起了戏弄之心。她趁着他注意力还在手机上，直接从后面偷袭，猛地跳上他的背，一手抱住他的脖子，一手扯住他的一只耳朵："你这警觉性可不行啊，被我偷袭到了吧！"她把午餐塞到他的怀里，"我听说程巍阳也是刀旗队的，我劝你一会儿表演的时候站得离他远一点儿，你单看起来也行，但是有了他做衬托，就有点相形见绌了。你们俩放在一起比较，要是我，我也肯定选他做男朋友啊！"

要是放在平时，楚潇潇这么嘚瑟，表弟肯定早已经把她从背上扔下去，互掐起来了，但是今天她等了半天，他却一句话都没有。

楚潇潇用手戳了戳他的脖子："哑巴了？"

不待身下人回答，楚潇潇的背后忽然传来一道熟悉的声音："表姐，你怎么约在这里呀，害得我跑了大半个操场，都要被太阳烤熟了！快快快，我午饭在哪儿呢？你是不是带防晒霜了，也借我点呗！"

如果现在说话的这个是她表弟，那背着她的人是谁啊！

楚潇潇哆哆嗦嗦地伸手去揭背着她的人脸上的面具，就看到了程巍阳那张俊脸。

她吓得差点直接从他背上摔下来，还好程巍阳及时扶住了她。

他勾起嘴角，笑得花枝招展的，好不得意："楚潇潇，没想到你已经觊觎我这么长时间了。放心，看在你这么痴情的份上，男朋友的事，我会仔细考虑的！"

楚潇潇：……

06%

万万没想到，楚潇潇千防万防，运动会上她认错人的事情还是传了出去。而且谣言愈演愈烈，到了最后，已经变成了她爱程巍阳爱得不可自拔了。

楚潇潇风评受害，最好的办法就是事件的另一位当事人程巍阳出来解释。然而她一提到这个问题，他总是打哈哈搪塞过去，要不然就用一句"清者自清，流言早晚会不攻自破，除非你自己心里有鬼"的话来堵她。

楚潇潇忍无可忍，最后绞尽脑汁，终于想到了一个一劳永逸的办法，那就是找一个真正的男朋友。这样不仅谣言能不攻自破，还能顺便解决一下个人问题，简直就是一举两得，即将到来的女生节就是她的大好机会。

女生节是学院女生部举办的一个小活动，会提前让女生把自己的小心愿写在纸条上，统一放进一个盒子里，再拿给男生去抽，男生无论抽到了谁，都要尽力帮助她实现愿望。

这个活动虽然听起来简单，但是足够浪漫，通过它促成的情侣也不在少数，因此男生女生都有些小兴奋。

楚潇潇的室友们早已经在对着星空祷告了："拜托！让一个帅哥抽中我的纸条吧！我愿意用暴瘦五斤，不，暴瘦十斤，来换取我的爱情！"

"想什么美事儿呢！程巍阳够帅了吧，你怎么不直接许愿让他爱上你呢！"

"那不行，虽然他足够帅，但是'朋友夫不可欺'。他不是我们潇潇家的吗，我做事情也是有原则的！"

被突然提到的楚潇潇下意识地反驳："他可不是我家的！"

室友心照不宣地笑了笑："有什么好害羞的，都传遍了。你在运动会上向他表白，说想要一个他那样的男朋友！"

"都是谣传，谣传！"

室友只当是她害羞，毕竟程巍阳这样一个帅气又幽默的男朋友，谁会不喜欢呢？

室友瞥了一眼楚潇潇的纸条，只见上面写着：用吉他弹一首《*WHEN I FALL IN LOVE*》。

室友："我有一种强烈的预感，程巍阳一定会抽中你的纸条。你确定不改一个更浪漫点儿的？只是一首情歌而已，有点太小儿科了吧？更何况，你提前了解清楚了吗？他会弹吉他吗？"

楚潇潇笑笑，心想他不会更好，直接把纸条投进统一的盒子里："不改了。"

那么多人交换，程巍阳哪里就会正好抽中她的纸条呢！

第二天楚潇潇还没睡醒，室友就站在阳台喊她："潇潇，快过来！程巍阳在楼下，好像是在等你！"

楚潇潇一个激灵爬起来，冲到了阳台。她向下望的时候，正好对上了程巍阳戏谑的目光。

她心中有一个不好的预感，果然下一秒就见他笑着朝她挥了挥手里的纸条。竟然真的被他给抽中了！

程巍阳靠在公寓门口的一棵大槐树上，姿势摆得倒是很足。他手上弹着吉他，嘴里跟着吉他的曲调，哼唱起来。

只不过他弹唱的不是她纸条上写的歌，而是《我头上有片青青草原》。

楚潇潇：……

程巍阳的嗓音倒是不错，只不过吉他弹得实在魔性，简直就是魔音绕梁，三日不绝。

显然歌曲还不足以表达他的内心，弹唱之后，他又远远地对着楼上的楚潇潇喊道："潇潇，难道你之前跟我说你喜欢我，都是假的吗？你就没有想过万一你的纸条被别人抽走了怎么办，我简直太伤心了……"那语气里满是幽怨和控诉，活脱脱一个深闺怨妇的样子。

只有她知道，他现在心里指不定怎么偷着乐呢。

伴随着周围女生的尖叫，楚潇潇第一次红了脸。

羞的，真是羞的，她以后可怎么见人啊！

07%

得益于程巍阳的骚操作，楚潇潇连续一周，除了上课就是待在寝室，连中午吃饭都是室友给她带回来的。

她实在是受不了走在路上别人的议论和眼神。

"那个就是楚潇潇吧！"

“嗯？”

“就是那个程巍阳喜欢的女生啊！”

“就是她呀，看起来也不是特别漂亮，怎么就这么好运呢！”

楚潇潇：……

这到底算是哪门子的好运？

这样躲下去到底不是办法。楚潇潇是学院文艺部的成员，平时还有很多工作要做，目前最重要的就是学院的迎新晚会，文艺部要负责教学生会各个部门跳一个集体舞。

不知道部长是怎么想的，竟然直接把她和程巍阳安排在一组，把教他跳舞的任务交给了她。

她原本以为，程巍阳体育这么好，舞蹈上手应该也会很快，她赶紧把他教会，以后就再也不用接触了。可是练了两个动作之后她才发现，他的肢体居然能这么不协调！

手上的动作对了，脚步就一定是错的，脚步对了，手上的动作又忘记了。最后好不容易手脚都对了，节奏又踩错了。

忙活了一下午，楚潇潇满头大汗，程巍阳还是和学之前没什么区别。

楚潇潇：“我就不明白了，你跑步跳高样样都好，怎么到了跳舞上就像手脚被人捆上了一样呢？”

程巍阳思考了片刻，认真道：“大概是上天觉得我太完美了，故意让我在舞蹈上留下一点缺憾！”

楚潇潇：……

她还能说什么？

虽然她对程巍阳很无语，但是到底没有放弃他。左思右想，楚潇潇终于想出了一个好办法。

傍晚时分，程巍阳正和室友在食堂吃饭，忽然收到了楚潇潇给他发的一段视频，视频里是他学的那段舞蹈。她完完整整地跳了一遍，在应该注意或者比较复杂的地方，都做了很详细的说明。

楚潇潇紧跟着发来一条信息：都说熟能生巧，虽然你有时候肢体不协调，但是多多练习，一定能进步。我们一起练习的时间有限，我把整个舞蹈都录了下来，你没事的时候多看看吧。

发完之后，像是怕他不看似的，又补了一句：一定要看哦，我会检查的！

后面还配了一个凶巴巴的表情。

程巍阳看了，只觉得这表情简直跟她这个人一样，看起来厉害，其实好欺负得很。

他不由得笑了出来。

坐在他对面的室友注意到他的表情：“你傻乐什么呢？我感觉你最近不对劲啊！”

程巍阳没答话，倒是坐在他身边瞥到了他手机屏幕的室友替他解释道：“你这种单身狗当然不懂了。总之，你只要知道，巍阳就快有女朋友就对了！”

程巍阳笑了笑，并没有反驳。

08%

楚潇潇最近教程巍阳跳舞累得很，体力消耗的快，人就容易饿。

上了一上午的课，她早就饥肠辘辘了，因此下课铃一响，她就赶紧拎着包冲出了教室。

一到饭点，食堂总是人满为患。要想在“抢食大军”中脱颖而出，买到她最爱的糖醋排骨，就必须在速度上取胜。

然而，老天就像跟她作对一样，她刚跑出教学楼，就被一群人堵住了。

为首的男生手里捧着一大束玫瑰花，看见她出来，立刻迎了上去，二话不说就把玫瑰花往她怀里一塞：“潇潇，我喜欢你很久了，你愿意做我的女朋友吗？”

楚潇潇对他有点印象，是一个大三的学长。之前在社团活动中，对她颇为殷勤照顾，但是她并不喜欢他，所以最后干脆退了社团。

她已经明确地拒绝过他了，没想到他不仅没有死心，还这么大胆地来跟她表白。

楚潇潇有点伤脑筋，就在她想到底要怎么委婉地拒绝他的时候，就瞥见程巍阳朝着这边走了过来。

程巍阳走上前，当着众人的面，极其自然地拉住了她的手，身体一动，挡在了楚潇潇的面前，阻断了学长火辣辣的视线。

他对着表白的学长义正词严地控诉道：“你竟然趁我不在来勾引她！”说完又转过头来，含情脉脉地看着她，“潇潇，你说，你是要我还是要他？”那委屈的小表情活灵活现，就差下一步伏在楚潇潇的肩膀上哭了。

学长的脸色也不好看：“你说什么？”

“潇潇，你看他还瞪我，好可怕！”

楚潇潇：……

她怎么觉得程巍阳更恐怖呢！

就在她以为程巍阳的戏瘾应该过足了的时候，就见他忽然又捂住了胸口，对着她道：“不行，难受死了，必须得你亲亲才行！”

楚潇潇：……

直到楚潇潇用看死人的眼光看他，他才有所收敛。

“好吧，陪我吃饭就行！”

程巍阳也不管她是不是同意，拉着她就走了。临走的时候，他还对着表白的学长翻了个白眼。

09%

“等一等，这不是去食堂的路啊！”

程巍阳不是要带她去吃饭吗？怎么走到小花园了？

他挑了一个干净的位置坐下来：“你以为现在去食堂，还会有东西吃吗？”

“我一下课就冲了出来，谁知道有人在那里堵我啊！我的排骨啊！”

他不说楚潇潇还没感觉，他一说，这会儿肚子就叫起来了！

“给你。”

程巍阳把他一直拎在手上的饭盒递给她。

“这是什么？”

楚潇潇打开饭盒，里面不仅有她最想吃的糖醋排骨，还有几样色香味俱全的小菜，看起来就很有食欲。

楚潇潇感动得差点流下泪来：“程巍阳，你终于做个人了！”

程巍阳笑了：“感动吧？快吃吧，凉了就不好吃了。”

他今天突然这么好，楚潇潇不太适应，总觉得有什么阴谋的样子。

“你不会在饭里放了什么东西吧？”

程巍阳嘴巴一撇：“难道我在你心目中就是这样的人吗？”

楚潇潇被他看得有些不好意思，赶紧解释道：“不是不是，我不是这个意思。”

赶紧吃了几口，以表明她真的相信他。

入口并没有什么奇怪的味道，酸酸甜甜，是她最喜欢的糖醋排骨，幸福感瞬间涌上她的心头。

程巍阳看着她一连吃了好几口，这才清了清嗓子，说道：“其实也不是一点事情都没有。我知道你一直喜欢我，从运动会项目训练开始就故意吸引我的注意力。好吧，我宣布你成功了，我决定勉为其难地答应你！恭喜你，成功得到了我！我懂，你现在心里一定非常激动，但是答应我，一定要控制住你自己，千万不要因此就自大哦！”

楚潇潇惊了。

这说的是人话？故意吸引他的注意力？还勉为其难？控制住自己什么？不要对他伸出正义的铁拳吗？

“我没有……”

然而楚潇潇否认的话还没说完，就被程巍阳一口打断：“正所谓拿人手短，吃人嘴软。你吃了我的东西，就是答应我了，难道你还想反悔吗？”

楚潇潇气极：“谁跟你说我吃了你的饭，就是答应你了？”

“我说是就是，不然你吐出来呀！”

楚潇潇：……

他乘胜追击，接着道："我帮你算一笔账，你想啊，我长得够帅吧，性格也好，不仅幽默风趣，而且对待感情也非常专一。"

他说的这点，楚潇潇倒是深有体会。要是感情不专一，也不至于欺负她一个人这么长时间了。

"我知道你一直想要报仇，也想捉弄我一回，只是一直没有机会对不对？但是我们在一起之后就不一样了，你有更多的机会了解我。正所谓，知己知彼，百战不殆嘛。更何况，你要是成了我的女朋友，男朋友对待自己的女朋友，哪里舍得欺负，宠还来不及呢。到时候你直接单方面碾压，这么一想，是不是很爽啊？"

楚潇潇有点心动了："你说的是真的？"

"当然了。"老狐狸程巍阳还在循循善诱，"机不可失，时不再来哦。我给你三个数的考虑时间，决定要不要答应我。一、二……"

名为楚潇潇的小白兔终于落入了圈套："我答应，我答应！"

楚潇潇和程巍阳在一起后，给他起了一个亲切的昵称——程绿茶。

绿茶就绿茶吧，程巍阳无所谓地想，毕竟名字哪里有女朋友重要呢！

— END —